詩的世界

The World of Poetry

李敏勇 著

目錄

Contents

序說

詩的二十堂課——探尋詩的世界，逡巡世界的詩

李敏勇

繼「詩的禮物」系列《聽，臺灣在吟唱》《聽，世界在吟唱》這兩本分別引介十位臺灣詩人、十位世界詩人的詩的解說、導讀書，以「詩的二十堂課」爲系列的《詩的世界》和《世界的詩》，要在圓神出版。作爲詩的信使，我這樣孜孜不倦地在作品與讀者，在臺灣與世界之間穿梭，已然形成了一些腳印、一些足跡。

在圓神文叢的系列，從早期的《旅途》《情念》《憧憬》，我以臺灣、日本、韓國的兩百四十首詩，從「人生」「經驗」「路程」「生活」；到「思慕」「愛情」「親情」「連帶」；以至「信念」「禮讚」「意志」「希望」，將新東亞的詩人們作品交織詩的人生和心靈地圖，已是一九八〇年代的事。

二〇〇七年，《經由一顆溫柔心》再度以臺灣、日本、韓國詩散步，譯介三個密切相關國家六十位詩人的六十首詩，並加解說隨筆，觸探新東亞的心。二〇〇八年，《在寂靜的邊緣歌唱》則呈以六十位世界不同國度的女性詩人作品，呈現世界女性詩風景，以一首詩一幅女性風景，一首詩一個女性世界，與閱讀者對話。

二〇一〇年，《遠方的信使》譯介了不同國度五十位男性詩人與女性詩人的五十首詩。漫步在世界詩篇的小路，探觸遠方詩人的信息，我並以「願為一個信使，為你朗讀」在臺北、臺中、臺南、高雄、屏東、臺東的誠品書店，與各地的閱讀者會面。那時際，一本有關我的詩人傳記《詩的信使》（蔡佩君著，典藏藝術家庭）已出版，似乎回應了我的動向。《海角，天涯，臺灣》這本心境旅行、詩情散步，也引述、譯介許多世界詩歌，綿延著我的信使腳印和行跡。

在這些系列書冊之後，《是春天為我們開門的時候了》是我以自己的五十首詩為文本的解說，呈顯一個臺灣詩人——心的祕密，是我一九六〇年代末期到一九九〇年代的詩告白。即使不論及我在其他出版社的選編譯讀詩書，作為詩的信使，這樣的墾拓應該已留在許多有心的閱讀者心裡。

「詩的二十堂課」是我在《人本教育札記》連續刊載二十期的作品。因爲這些年來，多次在人本教育文化基金會安排下，在臺北、新竹、臺中、高雄的人本親子教室與許多想要讀詩的孩子與父母一起閱讀，我感受到詩可以被閱讀、可以被喜愛，應該更擴大分享。我寫給孩子的童謠詩集《螢火蟲的亮光》，我譯給孩子的西班牙詩人羅卡（F. G. Lorca, 1898-1936）的童謠詩集《有橄欖樹的風景》，都在人本親子教室與許多孩子與父母分享。前述的《聽，臺灣在吟唱》和《聽，世界在吟唱》，出版之前，也都在《人本教育札記》以「詩的禮物」系列，分二十期發表。

就在二〇一五年九月到十二月間，位於北臺灣的小小書房邀請我開系列世界詩分享課程，我以幾年前在基督長老教會東門教會社區大學「東門學苑」教授「當代世界詩歌」「當代臺灣詩歌」中的世界部分，以「世界詩十五堂課」與大約二十位愛詩人，在十五個週六上午十時到十二時，一起遨巡世界與詩——在書香與咖啡香交織的氛圍中，我能感覺到詩可以與許多人對話、相晤，行句的祕密會在人們心中開啓。

「詩的二十堂課」前十堂課是《詩的世界》，後十堂課是《世界的詩》，以詩說詩，以詩說世界。與其說是詩的教室，不如說是人生的教室；與其說是詩與人生的教室，不如說是詩與人生的風景與地圖。日本作家芥川龍之介曾說：「人生不如波特萊爾一行詩。」德國哲學家海德格（M. Heidegger, 1889-1976）也有「語言是存在的住所」的說法：世界在語言裡，在一首一首詩裡。「詩的二十堂課」分輯的《詩的世界》和《世界的詩》，在某種意義上是這樣的探索和逡巡。

《詩的世界》以詩喻詩，以詩說詩：

- 使思想像薔薇一樣芬芳
- 一首詩如何形成？
- 詩是為了什麼？
- 詩人是……

•詩人，在創作時
•也許一首詩的重量
•聽聽詩的聲音
•看看詩的圖像
•想想詩的意義
•詩是一個國家的靈魂

《世界的詩》以詩說世界，以詩描繪不同國度的心靈風景：

•新東亞的心
•南亞，後殖民內面風景
•中東，交織著美麗的鳴唱與感傷的嗚咽
•非洲，在黑色熾熱大地綻放豔紅之花
•在歐洲東南邊緣的吟詠和歌唱

•東歐，在火熱的叫喊和水深的呻吟綻放自由之光
•歐洲：世界之心的光，文明之核的心
•動盪俄羅斯，冰封的靈魂；變色中國，血染的黃土地
•聽，美利堅在歌唱；加拿大、澳洲、紐西蘭迴盪著歌聲
•拉丁美洲解放的心：在劍與十字架的土地綻放自由之花

從《詩的世界》到《世界的詩》，「詩的二十堂課」對於未曾接觸新詩歌或現當代詩歌的人，以及已接觸新詩歌或現當代詩歌的人，都會有新的體認和視野。特別對於囿於古典詩歌典律形式，對自由詩形式不習慣面對，或因爲面對一些新詩歌或現當代詩歌有違和感的人們，「詩的二十堂課」會帶來新的體認。

詩、新詩歌、現當代詩歌，並非那麼難以接近、難以理解、難以感動。不同的語言和國度，進入擺脫格律的自由詩型，已有超過一百年以上的歷史。就如同人們的生活工具都已經改變，詩歌在形式上也因應時代的變化，以及生活步調、生命情境的改變而不斷產生新樣態，不論是意志或感情的表現、傳達都

有新的脈動。

讀讀《詩的世界》的十個篇章，你就會認識詩是什麼？以及詩的爲何？如何？關於形式或內容，以及詩人當他在創作時的種種課題。詩常被說是一個民族的靈魂、一個民族的心的聲音，是爲什麼？而《世界的詩》的十個篇章則環繞這個地球，從東亞出發，南亞、中東、非洲、歐洲東南西北、俄羅斯、中國、美國與加拿大、澳洲、紐西蘭等脫離大英帝國獨立的新美洲或大洋洲國家，到拉丁美洲諸國，既接觸近現代歷史，也逡巡詩歌的動向。

若說《詩的世界》是一本詩的辭典，《世界的詩》則是詩的世界地圖，各自提供不一樣的閱讀興味，合而讀之，對閱讀者生命感覺和涵養的豐富和充實，極有助益。這兩本書不是想提供給研究者，而是獻給想閱讀詩歌，並將詩的教養當作人生教養的人們。願這樣的心意能夠隨這兩本書傳達給你，傳達給妳，並在你與妳之間相互傳達。願我持續不輟以詩的信使引介的詩書，能在人們的心靈留下心影。

詩的二十堂課
第一堂課

使思想像薔薇一樣芬芳

薔薇的世界，
是詩的國度。

英語詩人T．S．艾略特（Thomas Stearns Eliot, 1888-1965）有一句話形容詩，說「詩是使思想像薔薇一樣芬芳的事物」。這句話，恰當精要地描述了詩的質地和形貌。思想，或說精神、意涵是詩的核心，而薔薇的形式和香味是詩的形貌。既說了精神，也說了造型。

詩是一種語言的藝術形式。語言的藝術，可以用文學來概括。在文體上，詩在韻文的時代和散文相區分；但在文類上，詩，與小說、散文、評論、戲劇等有所差別。面對文本時，詩儘管已脫離韻文的形態，仍然可以和其他文類區別出來。因爲詩，常以分行形式斷句。雖然，也有所謂的散文詩，但篇幅較小。它和散文、小說的分別，在形式上仍可捉摸。

但是，詩脫離韻文的規範之後，受限於文化保守主義的禁錮和限制，許多國度的閱讀者仍然無法接受，或以輕忽輕鄙的態度面對。這或許是某種面對自由的不知適從的文化惰性。

如果，喜歡文學，但又無法進入已經自由化的詩，就如同喜歡科學而不知數學一樣。因爲詩之於文學，就像數學之於科學。

詩是什麼？T．S．艾略特這位原爲美國籍，後來歸化爲英國籍，留下許多經典作品，並於一九四八年獲諾貝爾文學獎的詩人，以一句話留下詩意的答覆。這樣的答覆，應該留在許多愛詩人的腦海。

詩人以詩喻詩，有許多例子。

薔薇　李敏勇作

薔薇的世界
是詩的國度

薔薇有女神的面頰
　女神的思想

我把薔薇獻給你

黑暗的世界

爆開一朵花的光輝
我把薔薇枯萎
愛的生命
熄滅成一堆灰燼的陰暗
沒有薔薇的世界
是生活的國度

以薔薇的國度和生活的國度相對比，意味著詩的國度和生活的國度對比。藝術性和日常性，或說非日常性與日常性，在這首〈薔薇〉的行句，用了「女神的面頰」和「女神的思想」來形容詩。這裡的面頰，就像T・S・艾略特的描述，是使思想芬芳出來的薔薇。

詩人擁有在行句裡的某種話語權。「把薔薇獻給你／黑暗的世界／爆開一朵花的光輝」和「我把薔薇枯萎／愛的生命／熄滅成一堆灰燼的陰暗」，讓人想起日本作家三島由紀夫（Mishima Yukio, 1925-1970）一個自敘短篇，說他小時候瘦弱、耽讀童話，把精裝本童話堆疊成城堡，拉下燈泡；打開燈光時像太陽光亮起，捻熄燈光，像關上太陽光，有某種宰制的力量。這樣的觀念論，也是語言的一種力量。〈薔薇〉是在描繪詩。

詩　李敏勇作

世界的峰頂
飄揚著我的憧憬
世界的窪地
埋設著我的鄉愁

遼敻的空間
張架著我的語言
綿遠的時間

流動著我的思想
腐敗的土壤
孕育著我的生
燦爛的花容
潛伏著我的死

發表了〈薔薇〉這首詩，是一九七一年的事，那時候，我也發表了〈詩〉。這兩首詩都是以詩喻詩，是我的告白。在〈詩〉的行句，我用「峰頂」相對「窪地」，「空間」相對「時間」，「土壤」相對「花容」；並以「憧憬」和「鄉愁」，「語言」和「思想」，「生」和「死」呼應，可以說是對詩之爲詩，做了較爲深沉的探視。這是我在自己詩人之途對詩是什麼的鏡照。那時候，我已讀到日本詩人田村隆一（Tamura Ryūichi,1923-1998）所說的「如果你成了醫生、軍人、詩人這三種人之一，就會體認到人類悲慘的根源。」他是經歷太平洋戰爭，面對戰敗廢墟的日本詩人。

「生命的感覺和涵養是詩人的條件。」這句話是英語詩人W．H．奧登（Wystan Hugh Auden, 1907-1973）在他未完成的「詩人學校」夢想裡提到的。詩是從生命的感覺和涵養孕育出來的。W．H．奧登原爲英國人，後來歸化美國籍，恰與T．S．艾略特相反。無論是哪一種語言，詩的形式論和內容（精神）論，都會隨著時代的變遷而形塑。詩是什麼？詩人們常常以詩自況，以詩回答探詢。

來看看保羅．克利（Paul Klee, 1879-1940），他是一位著名的畫家，也是個詩人。因爲畫名遠比詩名爲人所知，常常只被認爲是一位畫家。

詩　（瑞士）保羅．克利 作　李敏勇 譯

我全身甲冑站著
我不在這兒
我站在深處
我站在遠方

我站在非常遠的遠方……

我放出死亡的光輝

保羅．克利的這首詩，以「深處」「遠方」「非常遠的遠方」來描述詩的存在。「全身甲冑」一如武士的裝備，是說自己詩的本質在行句形式緊緊保護之中，「不在這兒」又喻示著非日常、反日常。他用了深，以及遠的語字，來表述自己探觸之境。而末尾的「我放出死亡的光輝」有讓人寒顫的感覺。經歷第一次世界大戰，在藝術的現代主義發展中的時代，保羅．克利的詩是他的畫的另一種語言形式。

再來看看一位出身德國，於二戰後到美國留學，並留在美國的大學教授德國文學與比較文學的詩人艾斯納（Richard Exner, 1929-2008）的詩。

詩　（德國／美國）艾斯納 作　杜國清 譯

字句

襲擊你如群狼
因此你伸出雙手作為犧牲
以保全身體。

詩行
像你脖子上的繩索
像你鼠蹊間的拳頭。

停頓
窒息你。

艾斯納像保羅·克利一樣，使用德語。二戰時期的納粹時代，對這位詩人有相當的影響。他的許多詩，探討並反省了納粹德國的罪行。並曾獲奧地利柯寧格詩獎——紀念一九四二年在維也納被納粹迫害而下落不明的詩人Koenig，每五年頒給一位以德語寫詩的詩人。

艾斯納這首〈詩〉強調了詩精鍊字句的力量。他的詩觀，對於語言形式有深刻的體認，對行句有著詩性的堅持。像群狼襲擊，是何等力量！面對等待，閱讀以雙手作爲犧牲，又何等愼重！詩的行句力量能重擊一個人的身體，應該是說心！在他的描繪中，詩的行句像繩索套在閱讀者脖子，像拳頭在閱讀者鼠蹊部。畢竟是一位對納粹暴行有深刻經歷的詩人，證之他的詩，也確實如此！面對這樣強而有力的詩，讓人不得不停頓下來。詩的力量彷彿能夠窒息一個人。

二戰時，東歐諸國大多淪陷在納粹德國的占領下，詩人常常是抵抗運動分子、共產黨人。但二戰後，東歐國家的共產黨化並未帶來自由化，許多知識分子文化人出走、流亡。留在自己國度的詩人，也經歷另一種紅色極權的宰制，他們在詩裡抵抗。巴茲謝克（Atoinin Bartusek, 1921-1974）的詩留下許多沉默抵抗的證言。

詩

（捷克）巴茲謝克作　李敏勇譯

告知我，昨夜到今晨
在這個海灘上
直以滲透了睡眠的全透明水液
拖曳我到底部的是什麼？
語言的魚群懶洋洋地漂游過我身
尋覓一處水面以便躍出
吐一吐空氣，
偽裝成像是為了一個小蠕動
以便能夠飛躍。
皮膚的表層下是黑暗的，
生命在那兒腐朽；
其上，規列的銀鱗之光半是美麗草地，半是緘默的魚。

巴茲謝克的〈詩〉以魚群比喻詩的語言，「尋覓著一處水面以便躍出／吐一吐空氣／僞裝成像是爲了一個小躍動／以便能夠飛躍」，描述詩人如何在不自由的國度，以語言的各種隱喻條件，去完成見證的使命。巴茲謝克像許多捷克的詩人，或波蘭的詩人、匈牙利、羅馬尼亞、前南斯拉夫的詩人、波羅的海三小國的詩人一樣，利用詩能夠藏有祕密的特性，爲東歐留下詩的光榮。

詩能極大，也能至小；詩能深刻，也能天眞。

詩是什麼？（日本）大岡信 作　李敏勇 譯

詩不是
孩子的遊戲
但　詩人
是孩子

「詩不是／孩子的遊戲／但詩人／是孩子」日本詩人大岡信（Ōoka Makoto, 1931-）的悖論與反差，讓人莞薾。詩不是童騃的產品，但詩人是有孩童赤子之心的人。

詩　（美國）瑪麗安・摩爾 作　李敏勇 譯

我，也，不喜歡它。
讀著它，無論如何，帶著對它的完全輕蔑，
但畢竟，有人在詩裡
發現，那是一個存有真摯之所。

瑪麗安・摩爾（Marianne Moore, 1887-1972）用反面手法指出，詩存有眞摯。儘管「我」也不喜歡它。這個詩裡面的「我」是詩人對詩不見得都受人喜歡的一種巧妙辯證。就像大岡信的四行短詩一樣，會讓人眼睛一亮。

我對於詩是什麼，寫了許多詩，進行我的辯證。

……
詩
其實是
自己面對自己的備忘錄
每一本詩集
都是自白書
向歷史告解
……

——〈自白書〉

一首詩應該是：
一個許諾
黑暗中晃動的燈光

寒風裡
霧夜中
航行船隻的汽笛聲
為相遇的旅人響起
……

——〈備忘錄〉

在我的詩人之路，我逡巡意義的視野，探觸並見證時代光影。我也觀照世界其他國度的詩人，看世界的詩人怎樣以詩探觸，並爲他的時代作見證。詩，使思想像薔薇一樣芬芳。它不只是思想，它要能夠發出芬芳。

詩的二十堂課
第二堂課

一首詩如何形成？

「種子」在詩人的腦海棲息，
即將成爲一首詩的時候才破殼而出。

一首詩如何形成？

日本詩人田村隆一（Tamura Ryūichi, 1923-1998）喜歡引用英國詩人路易士（Cecil Day-Lewis, 1904-1972）〈給讀詩年輕人〉裡，詩形成的三個階段說法：

（一）一首詩的種子或芽苞會強烈撞擊詩人的想像力。或以非常堅毅卻漠然的感情，某種特定經驗，以及一種觀念形態出現。有時會先以一個意象（Image）出現，或進一步以披著語言的衣裳的語言形式，或完整的一行韻文形式出現。詩人把那些觀念或意象記在筆記或稍微記在腦海裡，然後把它忘掉。

（二）那些詩的種子會潛入詩人體內的「無自覺意識」裡，種子會逐漸成長並調整其形態。這樣，一首詩即將誕生的時間來臨了。爲了一首詩的產生，這第二階段的程序，有時費時數日，有時數年。

（三）詩人會強烈地想寫成一首。這並非單純的欲望。這時，正是詩產生的開端。詩人屏息坐著——以時速五哩的方式跋涉也行，搭乘巴士旅行也可以——無論怎樣，詩人會探視詩的內部，在數週或數月前浮顯在腦海裡的種子——從浮顯後忘得一乾二淨的那個種子，在那兒被認出來。而那種子已在不知不覺中長得很美並繼續發展著。（引自陳千武譯，〈路上之鳩〉）

路易士對一首詩的形成，有這樣的比喻：詩不是詩人看到一個物件、一種景象，立即拿筆寫成的東西。「種子」在詩人的腦海棲息，即將成爲一首詩的時候才破殼而出。若沒有經過這種形式的過程，田村隆一說：「若不經過這樣的過程，一首詩不管如何巧妙地歌唱正義或讚美愛情，不管有什麼樣的新穎匠心，在眞正的意義上都不是詩。」

臺灣詩人陳千武（Chen Chien-wu, 1922-2012）在一九七〇年代初引介了田村隆一在〈路上之鳩〉的相關敘述，一直存在我的腦海。這對於一首詩如何形成，有精闢的說法。詩，不是玩弄形式主義的做作之物。像以前憑著固定韻腳的字數，搖頭晃腦吟詠，是不被接受的。

〈路上之鳩〉這篇隨筆，提及一位旅遊過紐約的畫家所說：在這個都市裡，使他最感動的，是看到一隻鴿子正在瀕死狀態的那個瞬間。

他並說，如果看到在路上瀕死狀態的鴿子而不感動的話，必定是無法顯現紐約或美國。

田村隆一有一首詩，叫做〈腐蝕畫〉：

腐蝕畫　（日本）田村隆一　作　李敏勇　譯

在德國的一幅腐蝕畫的風景　正展現在他面前
看來好像從黃昏移動到夜晚的古代城市鳥瞰圖
也像是從深夜到黎明描繪近代懸崖的寫實畫

這男的　我開始時談到的他　年輕時殺死他的父親
那年秋天　他母親美麗地發瘋了

這是一首散文詩，第一節寫一個男的在看一幅像寫實畫、也像鳥瞰圖的腐蝕畫。第二節在說看畫的那個男的，年輕時殺死父親，而那年秋天他母親美麗地發瘋了。

這是有場景，有人物，有故事的一首詩。

田村隆一是二戰後最具代表性的「荒地」集團的詩人，荒地意謂著戰敗後的廢墟現象，意味著戰後的日本。一個日本詩人，在詩裡引述了德國——這正是二戰時並肩的軸心國家。德國也一樣，在戰敗後成爲廢墟，田村隆一用「他」，是日本人也好，德國人也罷，腐蝕畫是一種用強酸腐蝕銅板並轉印出來的畫，用來比喻戰敗後的德國，其實也聯想到日本。

這男的，應該是日本人，但德國人也可以成立。年輕時，殺死父親，意味著泯滅理性。那年秋天，在日本可以視爲戰敗宣布投降的季節。而母親美麗地發瘋了，意味著感性的激烈化，帶出戰後文學藝術的另一種高度。田村隆一把德國的腐蝕畫和戰爭放在一起，凝視著自己國度日本戰敗的情境，戰爭和戰敗帶來的廢墟化是播在他腦海的詩的種子，腐蝕畫用來引喻破滅的景象。他用了一段敘述，帶出故事，帶出心靈的風景。

俄羅斯女詩人愛赫瑪托娃（Anna Akhmatova, 1889-1966）的〈繆斯〉是另一種說法：

繆斯　（俄羅斯）愛赫瑪托娃作　李敏勇譯

今夜，我等待她，彷彿在千鈞一髮之際
她是無人能支配的
我珍愛的一切——青春、自由、榮譽——
在手持橫笛的她面前都黯淡無光
而看吧，她來了……她掀開面紗，
瞪視著我，沉靜的冷寂
「妳就是那人」我索問，
「讓但丁聽寫下地獄詩篇行句的人嗎？」
她答說：「是的。」

愛赫瑪托娃提到繆斯——她是詩歌女神，意味的是靈感，或某種協助詩人創作的天賦，在夜晚孤寂寫作時，繆斯帶來某種力量。詩人視爲比青春、自由、榮譽都更燦爛的光。

但丁的《神曲》是曠世傑作，愛赫瑪托娃在這首詩裡，以回答的方式，讓繆斯說出她是口述，讓但丁聽寫下《神曲》詩篇的人。這裡，以〈地獄〉來概括愛赫瑪托娃歷經紅色革命的苦楚，但她留下動人的詩篇。她的這首詩，似乎在說，繆斯也是幫助她寫下那些詩之行句的女神。

這種說法與田村隆一引述路易士說法，並行不悖。一種強調知性的計算，但源於感性的種子；一種強調感性，但應該也有詩人累積的知性。

詩人會以不同的說法，談論一首詩的形成。

詩是　李敏勇 作

詩只是一些修辭嗎
當我
翻閱著猶太集中營裡的童詩
聽見孩子們的心跳聲
穿越歷史的長廊

那些驚懼的希望
淚和叫喊
使我羞愧
使我傷痛的
語句
我要說
不
對那些只雕琢詞彙的人
詩其實是
心

我曾翻譯過《浩劫之花》，收錄猶太詩人在二次大戰時的詩篇，以及從集中營找到的孩童詩作，這首詩，說詩是心，而不只是修辭。詩人應該用心，而不是操作修辭。能感動人的詩，都有其眞摯的感情，而不是依賴修辭，以美麗辭藻充數。

二戰時期，納粹德國的猶太人進行大屠殺，形成浩劫。這種災難甚至讓德國文化評論家阿多諾（Adorno, 1903-1969）以奧許維茲集中營爲鑑；說「奧許維茲之後，還有詩歌嗎？」或「奧許維茲之後，寫詩是不可能的。」在浩劫之後，詩人在不可能中追尋可能，二戰後許多猶太裔詩人的詩篇，豐富了歐洲詩，也豐富了世界詩。

「詩／其實是心」撇開方法論的問題，直指心，是在批評那些只雕琢語句的詩人。詩人讓心裡的詩的種子發芽、茁壯、成長、開花、結果，心是某種本質，某種心性。這是在談poetry，詩的。若成爲poem，也要有形式的課題。這是需要詩人方法論登場，讓精神論開花的過程。

有些詩人會說詩由自己決定。這並非自動寫作，而是在書寫時會句生句，意義帶出意義。以色列詩人帕吉斯（Dan Pagis, 1930-1986）的這首詩，提示了這樣的觀念：

行句之外　（以色列）帕吉斯作　李敏勇譯

一首詩的行句，長，短：每一行都到最後
才為它決定。行句之外我們在空中飛翔
回返，在空氣的邊緣爆炸熔入火燄，燃燒
開來，散布在我們周圍的黑暗中。

帕吉斯說語言有它自己的力量，在詩的行句進行時，會自己參與。看起來，很奇妙。有點像靈感作用，其實也是詩人貯存在腦海中豐富語句的作用。

詩人依賴語言。詩是語言的藝術，有聲音的條件，也有圖像的條件，但最重要的是意義的條件；聲音與圖像，在一首詩裡是爲了支持意義面存在的，它們就像一對翅膀，能帶著意義飛翔到更高、更遠的地方。語言有一種說法，稱爲「言靈」，在日語和韓語常出現。

花和語字　（韓國）文德守作　李敏勇譯

語字
觸及了花
突然地
那是一隻蝴蝶。

語字——
聲響和意義——
飄動像一面撕裂的旗，
破滅。

語字——
燃燒像一把火焰；
熄滅在

它自己的潮汐
推向花朵。

有一個語字
在花朵汲取著
變成一隻蜜蜂。

韓國詩人文德守（Moon Deok-su, 1928-）的這首詩，呈現了言靈、語句的變化莫測意味。花成爲蝴蝶；聲響的意義成爲飄動撕裂的旗；語字成爲火燄，也成爲潮汐，熄滅的它成爲花；語字成爲蜜蜂。詩人的武器是語言，掌握語言的言靈性，才能捕捉多樣的意義形貌。詩人運用各種比喻、換喻、引喻……形成一首詩。

我曾以〈不能被簡化成生活或歌〉爲題，譯讀過日本詩人鮎川信夫（Ayukawa Nobuo, 1920-1986）的〈詩法〉，這是一首談詩的詩，在強調鮎川信夫的詩作觀念。他和田村隆一都是「荒地」的詩人，也是評論家。

詩法　（日本）鮎川信夫作　李敏勇譯

絕不能被簡化成生活或歌
要成為純粹的，新鮮的虛構
和許多人民交談，而且還沒有語言時
保持無語言狀

哀慟著默禱
對納骨堂裡溺死的兵士
以最閃亮的感謝
對天上最遠的樹梢

鮎川信夫經歷過二次大戰，他的人生烙印了日本發動太平洋戰爭以至戰敗的滄桑。納骨堂裡溺死的兵士說的是死在海域裡的海軍。

戰後的破滅感讓許多日本詩人更嚴肅地面對人生，摒棄輕薄的抒情，追求意義的深度。簡化成生活或歌的詩不是這樣的詩人追求的作品。要和人民交談，意味的是社會性的接觸。對死去的兵士默禱，是某種戰爭記憶以及對生命的憐憫；對天上最遠的樹梢表達感謝，是一種憧憬，也表達戰爭時在海上航行的夜晚被星星撫慰的心情。

許多詩人以詩探尋詩的形成，從詩的（poetic）、詩情、詩想到一首詩（poem）的形成，就像從精神被賦予在肉體而呈現。

當我寫一首詩時　李敏勇 作

當我寫一首詩時
小鳥停佇陽台的風景
回到眼前
一株小桑樹
在夜色中它的葉子
搖曳著姿影

桑椹由青轉紅
是小鳥的果實
那多汁的酸甜
也是我回憶

當我寫一首詩時
一朵玫瑰綻放的形色
會出現腦海
一個女人
停佇在街燈下
她的等待
以淚和笑寫在臉龐
花的香味印染在風中
吹拂成
時間的布匹

當我寫一首詩時
鳥和花
草和香味
在語字裡
成為聲音和寂靜
成為光和影
意義的精靈在紙頁上跳動著
銘刻心靈的動詞
似暗又明
還羞欲語
當我寫一首詩時

在寫一首詩的時候，就像是把心裡萌芽的詩的種子細心地栽培的過程。由小鳥停佇陽台的風景，到小鳥帶到家裡陽台的小桑樹的姿影——那是人生的記憶和經驗；玫瑰花和女人、淚和笑，是印記在時間的人生經驗；聲音和寂靜，光和影，是意義的形色，會在紙頁跳動，從筆尖流露，書寫成一首詩。

一首詩的形成，有詩人的精神論，有詩人的方法論。每一位詩人都有其獨特形成的過程，但也有詩學的共通性。不同的國度，不同的時代，有不同的現實性。但詩之爲詩，畢竟是一種語言的藝術，詩人以語言呈顯。詩法是一種美學，一種哲學，一種工學。

詩的二十堂課
第三堂課

詩是爲了什麼？

我期望這幾行詩句，
有一天能使某地的某個人生存下去。

詩是一種存在。

詩以語言，在音響與圖像雙翼支持的意義形式存在。我們可以聽，可以看，可以想。一個詞語，一段行句，形構著可以延伸想像的世界。

這樣的存在是爲了什麼？

每一個詩人，不同的國度和時代，都會有共同的，也會有差異的思考。作爲語言的藝術的事實，從詩的發生之時，也就是詩的發聲之時（在這沒有文字的時代，人類就配合音樂和舞蹈，吟詠著詩）。從團體性到作者性，詩人作爲一種產生詩的作者，詩是爲了什麼更具有各個詩人因應性格、時代和國度的想法。

從前，也許是爲了歌，爲了舞；或爲了有權力的人，爲了奉承，一如優伶。但是近現代的世界，詩是爲了什麼的視野更爲自由，也更爲純粹。

日本詩人谷川俊太郎的一段話語，提出他的想法：

到底詩是為了什麼而存在？

詩是為了今天抓緊客滿車子的吊環站著讀它的一個禿頭老人而存在。

詩是為了昨天坐在劇場的補助椅聆聽它的一個青年存在。

詩是為了明天橫躺在曠野低吟著它的一個垂髮少女而存在。

（引錦連譯文）

谷川俊太郎（Tanikawa Shuntarō, 1931-）是日本當代最知名，作品擁有廣大讀者的詩人。他對詩是爲了什麼而存在，提出了爲老人、爲青年、爲少女三種對象的看法；並各別以「禿頭老人」「坐在補助椅的青年」以及「垂髮少女」形容三種對象；再以「抓緊客滿車子吊環站著」「在劇場」以及「橫躺曠野」三種場域述之。顯示的是普遍性、一般化對象，而不是貴族性、特權化對象，具有近現代市民社會的文化觀。

谷川俊太郎在一篇文章中，又提到有一天早晨他在筆記本寫下的幾行詩句：

六月的百合花使我生存
死去的魚使我生存
被雨淋濕的小狗使我生存
那天的晚霞使我生存
使我生存
忘不了的記憶使我生存
死神使我生存
使我生存
忽然回頭瞧我的一張臉使我生存……

（引錦連譯文）

詩的存在意義，反映谷川俊太郎的觀照視野是生活中的一些事物產生的意義。百合花、魚、小狗、晚霞、記憶、死神、一張臉……這些事物出現在相關的季節、死去的狀態、被雨淋濕等狀態，引喻著生活的情境。

谷川俊太郎在引述他的詩句之後，又說「我期望這幾行詩句有一天能使某地的某個人生存下去。」這是一個詩人的願望，關聯著詩是爲了什麼存在的課題。

童年經歷二戰，但戰後才成長，青年時期已是日本經濟邁向繁榮的一九五〇年代。谷川俊太郎的處女詩集《二十億光年的孤獨》出版時，是二十一歲。他的詩人世代是被稱爲「感性祀奉的一代」，越過戰後初期「荒地」的破滅廢墟世代。「好讀」而且「經得起一再閱讀」是谷川俊太郎詩作的特色，他的詩立基於生活，充滿人間性，與生命對話，一如他意識到的詩的存在論。

雨啊請落下來　（日本）谷川俊太郎 作　李敏勇 譯

雨啊請落下來
落在一個不被愛的女人身上
雨啊請落下來
落在淚水流淌的地方

雨啊請落下來　祕密地。

落在乾枯龜裂的田野
雨啊請落下來

落在乾枯的水井
雨啊請落下來　並且快快地。

雨啊請落下來
落在汽油彈的火焰上
雨啊請落下來

落在焚燒著的村莊
雨啊請落下來　猛烈地。

雨啊請落下來

落在無際無涯的沙漠上
雨啊請落下來
落在隱藏的種子上
雨啊請落下來　溫柔地。

雨啊請落下來
落在正復蘇的綠草上

詩是爲了什麼？谷川俊太郎的這首詩提供一個答案。就像他期盼落下的雨，爲了撫慰和拯救。

每個詩人都有自己的想法，詩是爲了什麼？不同的國度、不同的時代，詩人在詩的普遍性之外，發揮各自的觀照和才具。

一幅卷軸的開始　（日本）永瀨清子作　李敏勇譯

重新打開「今」的卷軸，我寫詩。
為了發現「我」的新意義，我不能與詩分離。
好像常常摸索著一幅卷軸的開始
在反抗死亡中工作著。

日本女詩人永瀨清子（Nagase Kiyoko, 1906-1995）以重新打開「今」以及爲了發現「我」，作爲她寫詩和不能與詩分離的理由。她把寫詩描述成摸索一幅卷軸，說自己寫詩是「在反抗死亡中工作著」。「今」與「我」亦即每一刻現在和每一天開始，和自己。這是在說自我存在的確認，這樣的確賦予了「反抗死亡」的嚴肅課題，寫詩或一首詩的存在是詩人的工作。與谷川俊太郎的外向性觀點不一樣的是：永瀨清子這首詩持有的是內向性觀點。兩種觀點都會存在於詩人的心裡，並不互相排斥。

詩人寫詩，在某種意義上是在說出自己認爲詩是什麼？也是在說出自己認爲詩是爲了什麼？答案是開放性而非封閉性的。詩人常以一首又一首詩去試圖闡述自己的詩之爲詩觀念。

詩之為詩　李敏勇作

不寫時
詩在心裡
跳動
在血管
流轉

下筆
死去的生命
在紙頁
復活

細心的閱讀人
知道
怎樣在語字裡
探索

讓死去的生命在紙頁復活是我對「詩是爲了什麼？」的一種回答。有些詩是教養；有些詩是教訓。既要有教養的意涵，也要有教訓的意涵；既要有糖，也要有鹽。不同的國度，不同的時代，詩人面對的現實不盡相同。詩人也有在意義課題或語言工程的某種責任。

詩是爲了什麼？讓死去的生命在紙頁上復活。這是作爲詩人的我對自己的期許。我認爲詩在詩人心裡跳動，也在詩人血管流轉，即使不寫時也一樣。寫出來，死去的生命會在紙頁復活。

當然了，我也需要細心的閱讀人，知道怎樣在語字裡探索的閱讀人。而說到探索，一首德國詩人賴納·孔策（Reiner Kunze, 1933-）的詩，浮現在我腦海：

詩的　（德國）賴納·孔策作　李敏勇譯

有太多答案
然而我們不知如何發問

詩
是詩人的白色柴枝
用來探觸事物
以認出識得它們

賴納·孔策說：「詩是詩人的白色柴枝，用來探觸事物，以認出並識得它們。」白色柴枝↓事物↓認出、識得，是一種命名的語言過程。這樣的說法，很輕，但意義深刻。白色柴枝是說詩的語言行句；事物是說指謂的事或物；認出和識得就是深刻的知曉的意味。

此詩回答詩是什麼？賴納·孔策從繁中取簡，他給了一個輕巧的答案。探觸事物，也是詩是爲了什麼的一種答案。這樣的答案源於「語言是存在的住所」這樣的命題。是德國哲學家海德格的見解。這樣的見解，也在其他詩人的作品中呈現。

花　（韓國）金春洙作　李敏勇譯

我沒有呼喊出名字以前，
它只是
一個物體。

叫了名字
它才走向我，
成為一朵花。

叫我吧！
用適合我的顏色和香味的名字，

像我叫你一樣。
我也會走向你，
被你擁有。

我們都希望成為某些事物，
你對我，我對你
希望互相成為永恆的意義。

韓國詩人金春洙（Kim Chun-su, 1922-2004）的這首詩，巧妙地把命名抒情化。他透過彷彿情人私語般的談話，我和花、我和你的雙重關係在譬喻中連帶。以花爲喻，一朵玫瑰和一朵百合花或其他的花，在未有命名之前的存在只是一個物體。延伸到人與人之間，男與女之間也一樣。叫喚了名字，有了可以叫喚的名字，知曉名字，才是形成連帶的條件。

從教養性，來談談教訓性吧！東歐在二站前被納粹德國入侵，二戰後又在共產體制下備受專制壓迫，許多詩人或在國內「爲抽屜而寫」或流亡他國。波蘭詩人米洛舒（Czesław Miłosz, 1911-2004）是一個例子。這位一九八〇年諾貝爾文學獎得主，從一九五〇年代末期就流亡美國，在柏克萊加州大學教授斯拉夫文學，一直到一九八〇年代末東歐自由化，他的祖國重新走向民主，才回到自己國家，實現了他認爲祖國終將得到自由與民主的信念。

我忠實的母語　（波蘭）米洛舒 作　李敏勇 譯

忠實的母語，
我一直都效命於你。
每個夜晚，我通常坐在你小小的彩色碗缽前
所以你讓你的樺樹，你的蟋蟀，你的雀鳥
保存在我的記憶裡。
後來這些年代，
你是我的祖國；我沒有其他的。
我相信你也會是一個信使

聯繫我和一些善良人士
即使他們只是少數，二十個，十個，
或甚至，尚未出生。
現在，我承認我有所懷疑。
就在每當我看起來已虛擲人生的時際。
因為你是降格的語言，
非理性的，恨自己的民族
更勝於恨其他的民族。
告密者的語言，
迷亂的語言，
因自己的無知而病了。
但沒有你，我又是誰？
只是一個在遙遠國度的學者，
一個成功的人，沒有畏懼和屈辱。
是的，沒有你我又是誰呢？

只是一個哲學家，像其他每一個。
我了解，這意味著我的教諭：
個人的榮耀被去消，命運在一場道德劇的罪人之前
鋪上紅地毯
就當亞麻布背景上一個魔幻的燈籠投擲
凡人和聖者的痛苦意象之時。

忠實的母語，
也許我終究是必須嘗試拯救你的人。
因此我會繼續坐在你小小的彩色碗缽前
盡所能光耀和純粹，
因為災難中需要的是一些秩序和美。

米洛舒是流亡美國將近四十年的波蘭詩人，他堅持用波蘭文寫詩，並且將波蘭詩翻譯成英文，也將美國詩翻譯成波蘭文。他在這首詩裡，說他（詩人）

是拯救波蘭文的人。他以「你」與波蘭文對話，寫他流亡在美國的寫作人生。他愛自己的祖國，在流亡時把波蘭文當自己的祖國。他忠誠於他的母語，並為母語效命，每晚在書桌前面對著「語言的碗鉢」的祖國記憶：樺樹、蟋蟀、雀鳥……既愛母語又不免因母語在共黨統治之下非理性、降格而傷心。波蘭人用波蘭文出賣自己的同胞，向蘇聯老大哥告密——這種現象不也出現在許許多多被殖民國度嗎？但米洛舒並沒有放棄自己的母語，他認為詩人終究是拯救語言的人——不僅拯救修辭，而是拯救因為政治公害而失去光耀和純粹。「災難中需要的是一些秩序和美」是米洛舒心目中，詩是為了什麼的深刻回答。

詩的二十堂課
第四堂課

詩人是……

一個試圖離開，
也是不能離開的人。

詩人是什麼樣的人？

波蘭詩人羅塞維茲（Tadeusz Różewicz, 1921-2014）有一首與本文標題同名的詩，以詩說詩人：

詩人是　（波蘭）羅塞維茲作　李敏勇譯

詩人是一個寫韻文的人
也是不寫韻文的人

詩人是一個丟掉腳鐐
也是上了腳鐐的人

詩人是一個能相信別人
也是不能相信別人的人

詩人是一個說過謊話
和被告訴謊話的人
詩人是一個自己跌倒
並自己站起來的人
詩人是一個試圖離開
也是不能離開的人

讀這首詩，要先知道作者的背景。羅塞維茲的生涯與波蘭的命運相關：二次大戰結束前，波蘭受到史達林時期的蘇聯和希特勒的納粹德國，分別來自東、西方的侵略。擁有廣大平原的波蘭有高度的文化藝術條件，卻因爲缺乏天險保障，常淪於列強的鐵蹄。納粹德國入侵波蘭期間，波蘭的左翼分子親共，以地下軍、游擊隊的方式，反抗納粹德國；但戰後的波蘭，淪爲蘇聯控制的附庸國家。不只波蘭，整個東歐國家都是。所謂的華沙公約組織就是設在波蘭首都，以首都華沙之名的親蘇聯集團。二戰後波蘭從納粹德國獲得解放，但沒有得到眞正的自由和民主，直到一九八〇年代末，才因爲共產體制的解體而自由化、民主化。

在那樣的政治困厄歷程中，詩人是什麼樣的人？羅塞維茲以詩述說自己的想法。

詩曾是韻文，但現代的詩已不是韻文，已經排除了格律與韻腳。所以說，詩人寫韻文，也不寫韻文。但又說詩人是一個丟掉腳鐐和上了腳鐐的人，是說詩的書寫，即使排除了韻文的必要性，但詩之爲詩仍然有詩人信守的美學條件。也可以說，詩人是自由人，但未必是自由人。相信和不能相信，牽涉到理想與現實的衝突，詩人應該要能夠相信別人，但現實卻又讓詩人不能相信別人。詩人說過謊，也被告訴過謊話。因爲人性並不那麼完美，有些時代更爲嚴重。自己跌倒並自己站起來，是一種存在的認知，一種自覺的要求。試圖離開但不能離開，爲什麼？困厄的時代，流亡他國是一種選擇。有人選擇爲了自由而流亡他國，離開自己的國家。像著名的米洛舒流亡美國四十年，這位一九八〇年諾貝爾文學獎得主的流亡生涯是一種鑑照，但離開了自己國度的詩人也離開他賴以寫作的語言的祖國，是痛苦的。羅塞維茲這首詩有共相，也有殊相，放在二戰前後的波蘭和東歐，甚至納粹德國以及納粹入侵的諸歐洲國家，都可以體認。

同樣是波蘭的詩人，一九九六年獲諾貝爾文學獎的辛波絲卡（Wisława Szymborska, 1923-2012）有一首謙稱自己為舊式女人的詩，溫婉地描述了詩人自己。她以〈墓誌銘〉為題的這首詩，應該已經銘刻在她的墓碑。

墓誌銘　（波蘭）辛波絲卡 作　李敏勇 譯

這兒長眠著一位舊式的女人
像一個逗點。她是幾首詩歌的作者，
大地賜給她永遠的安息，
儘管她不屬於哪一種文學流派。
除了這首小詩，牛蒡和貓頭鷹，
她的墳墓沒有華麗裝飾。

經過的路人啊，請從包包裡拿出計時器，
為辛波絲卡默哀一分鐘。

辛波絲卡仍在世時，以〈墓誌銘〉這首詩爲自己描繪詩人的形象。一個舊式的女人，有些與新女性差異的表述；像個逗點而不是句點，似乎說自己詩業未竟。這眞謙虛；有些詩人有鮮明的流派，但她強調她沒有。她的墓誌銘是她預擬、準備的牛蒡和貓頭鷹，與自然相伴是她的願望。在辛波絲卡的心目中，她自認爲作爲一個詩人的她是一位舊式的女人。

另一位在一九四五年也得諾貝爾文學獎，可以說是智利另一位在一九九一年得諾貝爾文學獎的詩人聶魯達（Pablo Neruda, 1904-1973）前輩的女詩人米絲特拉兒（Gabriela Mistral, 1889-1957），也有與辛波絲卡一樣的心性。她的一首詩，以〈薄暮〉爲名，述說自己的平靜，作爲詩人心靈的平靜。

薄暮（智利）米絲特拉兒作　李敏勇譯

我感覺我的心在溶解
一如蠟燭在溫暖之中
我的血管是緩緩流動的油
而不是酒
而且我感覺我的生命
安靜而柔順一如瞪羚

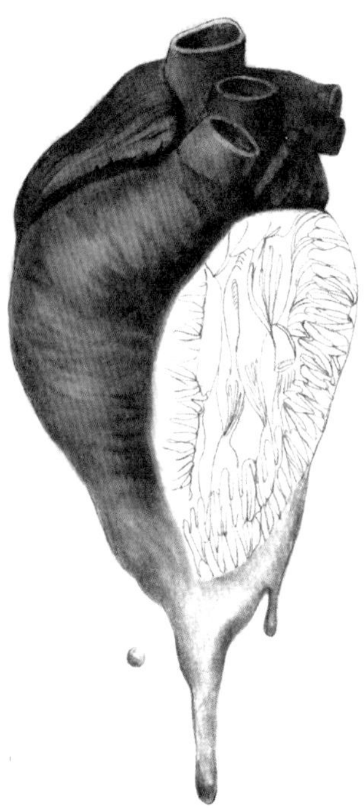

在太陽要西沉之時，會感覺自己的心在溶解的女詩人，並說血管裡流動的是油而不是酒。她不是激昂的，而是溫順的女人。瞪羚——柔順的羊，常常靜止不動，瞪視眼前的人——是米絲特拉兒的投影。

女性詩人擁有不同於一般男性詩人的溫柔心性。墨西哥女詩人卡斯特蘭歐思（Rosario Castellanos, 1925-1974）的一首表達她心願，類似離開人世時囑咐的詩。

最後的心願　（墨西哥）卡斯特蘭歐思 作　李敏勇 譯

我死時給我需要的死亡
而且不要懷念我
不要說到我的名字直到
空氣再度清淨
不要立碑給我，我有的空間
我要完完全全還給它的支配人和擁有人
為其他來到的人，長久等待的人
他善意的形跡或將照耀其中。

這位墨西哥女詩人，要求不要立碑。她離開人世時，甚至要求大家不要懷念她。受到印地安文化、馬雅文化影響的卡斯特蘭歐思，是西班牙語系詩人，曾任外交官，派駐以色列首都特拉維夫時，死在住所。她死後，不想占有。一片心意，令人動容。女性詩人畢竟有女性詩人的風景。

性別會影響詩人的心性，國度和地域的差異政治因素也會影響。巴勒斯坦詩人達衛許（Mahmoud Darwish, 1942-2008）與中東許多詩人一樣，不能成爲平靜、柔順的詩人。

語字（巴勒斯坦）達衛許 作　李敏勇 譯

當我的語字是小麥時
我是土地。
當我的語字憤怒時
我是暴風雨。
當我的語字是岩石時

我是河流。
當我的語字變成蜂蜜時
蒼蠅沾滿我的嘴唇。

達衛許說自己是土地、是暴風雨、是河流，這是自我肯定和期許。也是他作為詩人的追尋；但他也警惕自己，不能流於甜美。因為語字變成蜂蜜，蒼蠅會沾滿嘴唇。達衛許是阿拉伯語詩歌最重要的詩人之一，他的詩集銷售百萬冊，是巴勒斯坦人的精神食糧，也流通中東各阿拉伯語國家，甚至包括以色列，譯介成各種語言，被世界其他國家知曉。達衛許曾為巴勒斯坦解放組織（PLO）的中央委員，介入巴勒斯坦建國運動甚深。阿拉法特領導巴勒斯坦流亡政府時，達衛許是他許多演講、文告的執筆人。

人類世界經過兩次世界大戰，詩是什麼？詩人又是什麼樣的人？也與以往不一樣。看到玫瑰花，在古典的經驗裡會聯想到愛情，但因為思考的想像力已經改變了，現今也許會聯想到死在戰場的軍人身體裡流出來的血。這也是有一種說法：「如果成爲詩人、軍人和醫生，就會理解到人類悲慘的根源。」之所以成立的原因。軍人在戰場面對陣亡；醫生面對絕症病人，束手無策；詩人，凝視人類的苦難。反抒情的抒情成爲詩的某種可能，是我們必須面對的。

詩人是不能有鐵石心腸的人。但因爲有溫柔的心，容易有感觸、容易痛苦，就想改變嗎？如果這樣，詩人就會失去詩人的天賦與才具。

鐵石心腸　（愛沙尼亞）阿爾薇兒作　李敏勇譯

詩人
在生命的地獄懇求他的命運：
「喔，賞賜我鐵石心腸吧！」
命運以狡猾的笑聲應允：
「那是有配額的，安心地去吧！
從此，你將有鐵石心腸，
但，幸運兒，你的詩人禮物就沒有了。」

波羅的海三小國之一的愛沙尼亞，也有顛沛苦難的歷史，他們受到蘇聯的宰制，一九八〇年代末到一九九〇年代初才又獨立。阿爾薇兒（Betti Alver, 1906-1989）的意思說，詩人是有溫暖、柔軟之心的人。想成爲詩人，是不能有鐵石心腸的。這是一種天賦，幸運的人才擁有。這位女詩人以詩人與命運女神的對話，詮釋了詩人是什麼樣的人。

我聽見　李敏勇 作

我聽見
遙遠的呼喊
也許
從監獄的刑場
或
來自醫院的產房

除你之外

席慕蓉◎著/350元/圓神出版

國寶級詩人席慕蓉七十年生涯精華之作！

漫步於思想的曠野，在歸鄉尋根的旅程中用文字留下生命印記。原鄉的思懷自心靈的沃土裡萌芽茁壯，濃郁的情感與溫柔的字句交纏流淌，歲月的洗鍊與沉澱，詩人如水的溫柔依舊，如今更加柔軟熨貼，讓讀者一窺詩人心中最柔軟的地方。

詩的世界

李敏勇◎著/300元/圓神出版

沒有詩的世界，乾燥且乏味！透過詩人之眼帶你領略詩是什麼？詩為了什麼存在？

國家文藝獎詩人李敏勇談詩、詠詩的十堂課，從詩的形成、詩的存在、詩人自身及其創作出發，細膩賞析台灣與世界二十餘國詩人的經典詩作。從詩的世界到世界的詩，透過詩人之眼，探觸並見證時代的光影，帶領你漫步於台灣與世界詩人的詩情與詩想。

孤寂的夜裡
我正讀著一首異國的詩
詩人
以語言的擔架
從刑場領回政治受難者
並為他施洗

但我寧願
在日出之前
護士們抱著新的生命輕輕舉起
嬰兒離開母親子宮的哭聲
其實是
女人的歡喜

這首詩，以兩種呼喊引喻被槍決的政治犯的呼叫以及新生兒的哭聲。一是死，一是生。在詩裡的行句「詩人／以語言的擔架／從刑場領回政治受難者／並為他施洗」的語言的擔架，是說詩。詩人的詩寫到被槍決的政治犯，但詩人以詩關心、體恤並以宗教性的「施洗」字眼，形容詩人撫慰之心的詩人，是以語言的擔架從刑場領回政治受難者，並為他施洗的人。

海地位於中美洲、是一個加勒比海國家，從法國殖民地獨立，也傳承了法國詩歌以法語寫作的傳統。這個國家獨立後，民主發展並不健全，政治動亂頻繁，人民的生活也不幸福。但這個國家的詩歌寫出來的文學、心靈很豐富。

我們詩人　（海地）冉波爾 作　莫渝 譯

我們詩人不會關起門來
總有一聲抽泣撞到門檻
總有著苦難要收容
一滴淚切斷痛苦的樣子

我們詩人不會關起門來
總有一個夢進入
扭燈光關暗的幻想
來自遠方可以滿足的夢想

我們詩人不會關起門來
鳥群蜜蜂
帶給我們全世界的訊息
寫在牠們飛翔的麥桿上
和牠們羽翼的外衣上

我們詩人不會關起門來
在心靈的小徑永遠的等候
降臨我們的愛情

詩人的心靈是敞開的。冉波爾（J. Jean Pierre, 1940-）的這首詩，不只說自己，也說了詩人們。詩人的心靈之門不會關起來，因爲「總有苦難要收容」；因爲「總有一個夢想要進入」；因爲「鳥群蜜蜂會帶給我們全世界的訊息」；也因爲「等候降臨我們的愛情」。詩人是敞開心靈接受、等候、收容……的人。

詩人是很親近你的人，詩人也是離你很遠的人。在語言的藝術領域，以思考和想像力編織著夢與現實的人。他的現實可能是夢；他的夢可能是現實。在意義之海，詩人像魚；在意義的天空，詩人像鳥。詩人可能是見證者，也可能在某些詩人的心願裡，只是裝飾品。海地的詩人拉洛（Leon-la Lean, 1890-?）在他的一首詩的片斷裡，書寫了他的心意：

不，詩人不是見證者
嚮導，更卑微的
我寧願當他只是裝飾品；
花束或鑽石

不要求詩人是見證者、嚮導；寧願詩是花束或鑽石。這也是一種想法。這是一種逆反的思考，是一種卑微的願望。但詩人畢竟要受到時代與社會計量器的檢驗和評價。詩人會因應不同的時代與社會調整出詩人的角色，是什麼或應該是什麼？

詩人自己或詩人的時代與社會，會叮嚀、鞭策，會以更誠摯的心去凝視、去回應。

詩的二十堂課
第五堂課

詩人，在創作時

我的食指與拇指之間
夾著一支矮哆哆的筆，
我會用它挖掘。

希臘詩人黎佐（Yiannis Ritsos, 1909-1990）有一首仿俳句小詩，晶瑩剔透的意境，呈顯了詩人創作時的景況。

三行連句　（希臘）黎佐 作　許達然 譯

當他寫時不看海，
他感到鉛筆在指尖顫抖——
正是燈塔亮起時。

這首詩，很短，只有三行。

他寫時不看海，意味著書寫者就在海邊，在看得到海的地方。

黎佐是一位希臘詩人，出版過八十多本詩集，以及劇本、譯書。作品被譯介爲四十多種語文，而且生前十多次被提名諾貝爾文學獎。希臘多島嶼，充滿海的風景，這也是詩人的創作場景。

寫時不看海，因爲專注。是何時開始？這首詩並未提示，但眞正動筆：感到鉛筆在指尖顫抖——正是燈塔亮起時——提示了時間。燈塔亮起時，是夜暗了，既顯示時間，也顯示意義與價值。燈塔的光引導船隻，而燈塔的造型又像是一支朝上的鉛筆。

黎佐的故鄉在希臘的莫內姆夏島，死於雅典。他在二次大戰期間，積極參與抵抗運動，是信奉馬克思主義的詩人，曾獲列寧和平獎。雖未獲諾貝爾文學獎，但無損於他作爲一個偉大詩人的地位。

三行連句是一首純淨的詩，以短短的語字描述了詩人的創作情境，以最貼近他生活的場景：海和燈塔，連結他——詩人的筆。

黎佐尋求簡潔的意義。他也寫了一些長詩。〈聖吟〉是另一首藉希臘正教紀念耶穌被釘在十字架而吟唱的歌，它是黎佐爲一九三六年五月一日（國際勞動節），雅典一家香菸工廠罷工導致十二個工人被警察亂棍打死而寫的詩。當時雖被當局查禁，但後來被譜成歌，成了五〇年代希臘左派的國歌。這樣的故事在許達然的譯述裡出現。

被關，被放逐，在獄中寫詩。黎佐的詩被譽爲具有希臘性和人道精神。關心政治的他，其實作品充滿抒情風格。在創作時，他追尋簡潔的意義。

簡潔的意義　（希臘）黎佐作　許達然譯

我把自己藏在簡單物後面讓你們找我；
要是你們不找我，你們就找到事物，
摸我的手摸過的東西，
我們的手　就融合一起

八月的日照在廚房
像一個馬口鐵鍋（因為我告訴你）
亮起了空洞房子及跪著的沉默——
沉默總像是跪著的。

每個字是常被消除的意義的出口

堅持相會時就變成一個真正的字。

語字是意義的符號，但常被消除意義的出口。但堅持相會時就變成一個眞正的字。詩人在創作時，把自己藏在簡單事物後面。因爲詩常藉著隱喻，讓閱讀者去尋找。黎佐對於簡潔有他的信念。詩人的作品有作者以及作者藏於其中的事物，不只作品中的事物與閱讀者聯結，閱讀者也與作者聯結。

這首詩提及八月，意味著暑夏的炎熱。廚房、馬口鐵鍋、空洞的房子以及跪著的沉默——生活的困頓、屈辱。是家居或監獄，其實一樣。但詩人堅信，閱讀者與他在詩中的意義相會時，眞正的字就會顯現。這是黎佐在創作時的信念，也應該是詩的信念。詩人在困厄之境是靠著這樣的信念去克服的。

詩的志業　李敏勇 作

我們尋找不被破壞的字
為了在虛偽國度追求真實

權力是罪魁禍首
驅使政治的幽靈扭曲語言
每一個字都可能是被害者

我們小心翼翼
呵護每一個受傷的字
讓字和字結合成抵抗的力量

讓語言復活
以使我們足夠堅強

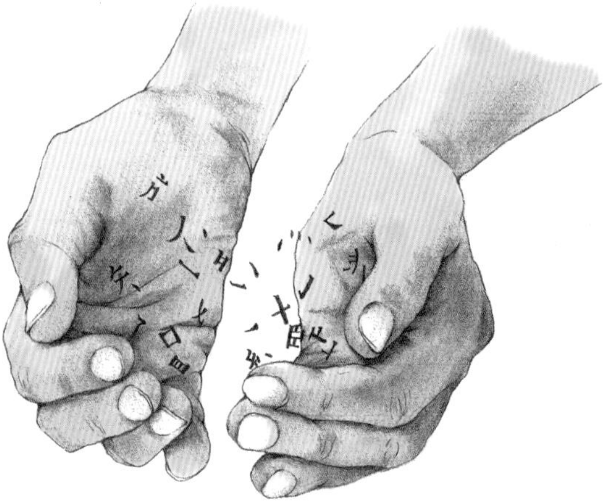

這首詩，我不用「我」而用了「我們」，代表一種群體性的發言，是說有一群志同道合的詩人，堅持在政治困厄的時代，經由詩追求眞實。把寫詩當做一種志業，而非只是職業。在政治困厄的國度，語字的意義常被破壞。是誰破壞？是政治權力。

語言是存在的住所，是意義的符號。但不自由不民主的政治環境，或商業主義氾濫的市場環境，語言常被破壞。不眞實的語言造成不信，人們不能夠眞誠以對。在創作時，我會想到詩人們共同的夢，共同的志業。

要呵護每一個受傷的字；要讓字和字結合成抵抗的力量；要讓語言復活，以使我們足夠堅強，去逮捕加害者。這樣的想法讓我去創作時，顯得沉重。有時，我會因而想到波蘭詩人辛波絲卡「把語言變得輕巧」的想法。

不只是我，在「我們」這一概念裡的一位臺灣詩人鄭炯明（Cheng Jung-ming, 1948-）有一首詩〈闇中問答〉，也述及他創作的某種情境。這是一位與我大約相同世代的詩人，一位醫生詩人。

闇中問答　鄭炯明作

某夜夢中，我被一陣極其嚴厲的聲音叫醒，
要我回答他的問話，不能有半點虛假，我發抖地站在屋內的
一個陰暗角落，像一個罪犯等待法官的審問。

你叫什麼名字？
鄭炯明。
你寫詩嗎？
是的，我寫詩。
那麼你是一位詩人呢？
不，我不是詩人。

為什麼？
我沒有盡到詩人的責任。
什麼是詩人的責任？
詩人的責任就是寫出他那個時代的心聲。
你寫出時代的心聲了嗎？
還沒有，但我努力嘗試著。
是不是有所疑忌呢？
有，包括個人的，政治的，社會的……
你想成名嗎？
我希望我的詩能帶給大家一點心靈的慰藉。

哼，你的回答還算誠懇，否則——

……

嚴厲的聲音消失了，剩下心有餘悸的我，怔立屋中，良久不能入眠。

詩人在夢中夢見自己被審訊。日有所思、夜有所夢，彷彿在創作時的一種對話。

闇中亦即夢中，彷彿一場獨幕劇，一個未出現身影的聲音在問話，回答的是一位詩人。在問話與回答中，詩人對於自己的工作顯示了自覺與信念。這正是詩人鄭炯明的剖白與告解，透過一個虛擬的劇場，像是在黑暗的舞台有一位詩人端坐著，而一束燈光探照著他搭配問話的聲音。詩人在創作時，有詩人的備忘錄，時時警惕自己，要謙虛，要在還沒有盡到詩人的責任時，不以爲自己是詩人；要努力嘗試，盡到寫出時代心聲的詩人責任；要帶給大家一點心靈的慰藉，而不是一意追求名聲……

這樣的想法，讓人想到波蘭詩人米洛舒的一些詩篇。〈獻辭〉的行句：「不能拯救世界或人民的／詩是什麼？／官方謊言的共謀／喉頭會被割斷的醉鬼之歌／大二女生的讀物。」詩人在創作時，這樣警惕自己。在〈咒語〉這首詩，米洛舒對公理和正義，良善與美的信守，就是他的承諾：「人類的理性是美麗而無可匹敵的……／它以語言建立宇宙的眞理，／並指引我們的手，因此我們以大寫字母／書寫眞理和正義，以小寫字母書寫謊言和壓迫。／……美和青春是哲理和詩／她們的結合是爲良善服務……」

放縱　（羅馬尼亞）尼娜・卡善作　李敏勇譯

字母從我的語字掉落
就像牙齒也許會從我的嘴掉落。
口齒不清地言說？結結巴巴說話？喃喃自語？
或最後的寂靜？

請上帝憐憫
我的嘴尖，
我的口舌，
我的聲門，
我咽喉的蒂頭

顫抖著，敏感著，震動著，
在羅馬尼亞的極度興奮中爆開。

尼娜．卡善（Nina Cassian, 1924-2014）是一位女詩人。爲何放縱？爲何把書寫的進行式當作放縱？又爲何是在羅馬尼亞的極度興奮當中爆開一位詩人咽喉的蒂結？

羅馬尼亞也是一個東歐國家。或許，我們可以把這首詩的時點放在一九八〇年代末期，東歐的共產國家自由化的時際。自由化是一種政治解放，在一九八〇年代末共產體制解體；或往前推溯，一九四五年二戰結束時，納粹德國入侵各東歐國家的事況被終結的解放。

詩人似乎使出渾身解數，但焦點在於語字透過各種方式的釋出。在一種極度驚訝、歡喜、感動中，詩人的語字以各種方式，尋找出口，形構一首詩。這並非只是個人的極度興奮，這是羅馬尼亞的極度興奮。當一個國家從被禁錮得到解放，詩人的語字去捕捉那時的情境，盡情而奔放，視爲放縱？或說一位女性詩人從一般的自我約束狀況釋放出來的酩酊狀態？

相對於尼娜．卡善這位羅馬尼亞女詩人的放縱之喻，葡萄牙女詩人蘇菲亞．安德雷森（Sophia de Mello Breyner Andresen, 1919-2004）的寧靜婉約是另外一種詩人之境。

笛　（葡萄牙）蘇菲亞．安德雷森 作　李敏勇 譯

在房間的角落　陰影吹奏它小小的笛
使我回憶到水槽和海蕁麻
以及光禿禿的海濱異常的亮光

夜的指環莊嚴地套在我的手指
寂靜的艦隊繼續它太古的旅程

蘇菲亞·安德雷森以夜晚的笛聲，以一種安靜的樂音作爲對比，陳述自己的詩之心境。

她的另一首詩〈我感覺到死亡〉中，有這樣的行句：

我知道我在寂靜的邊緣歌唱
我知道我繞著死息舞蹈
占有無有

這樣的行句，點描了詩人，一位葡萄牙女詩人。她曾在一首叫做〈自傳〉的詩中，說「我恨簡單的東西／我在海裡在風中在光裡看到自己」的這位女詩人，也說了「詩是我對世界的了解，我與事物的親近，我對眞實是什麼的參與，也是我關於聲音與意象的約定」這樣的話語。

我們可以想像，在笛聲中，一位葡萄牙女詩人的創作氛圍。這樣的詩人，詩中呈顯的不是社會意象，而是心靈意象，是一種自然的元素描繪的風景。

夜，被以指環顯示；寂靜，則以艦隊比喻。詩人沉浸其中，既有自己的手指敏感回應，又有太古旅程的廣邈相對。詩人創作時，以極小和至大相互襯托。內斂與放縱，極大的反差在蘇菲亞·安德雷森與尼娜·卡善之間，相對性是個性的？還是國度的？耐人尋味。

挖掘　（愛爾蘭）黑倪作　李敏勇譯

我的食指和拇指之間
夾著一支矮咚咚的筆；適切如一把槍。

窗下，清脆刺耳的聲音
鐵鍬正掘進多碎石的土地；
我父親，正在挖掘。我朝下望

直到他繃緊的臀部在花圃間
彎低下來，直起，二十年來
彎腰屈身有節有奏地穿經馬鈴薯
他就在那兒挖掘。

粗糙的長靴踏在鐵鍬上，柄身
緊貼膝蓋內側穩定地撬動。
他根除掉高高的莖桿，深深插入邊緣發亮的鐵鍬
撒出新薯，我們撿拾，
愛它們在我們手中的涼硬。

以上帝之名見證：這老人精於操作鐵鍬，
就如同他老父。

我祖父一天挖到的泥炭
比任何在托尼爾沼澤挖炭的人還多。
有一回我給他帶一瓶
用紙塞瓶口的牛乳。他站直起來
喝掉，然後立刻轉身
輕快俐落彎腰切入，把草皮
高甩過肩，越挖越深。
為了好泥炭，挖掘著。

馬鈴薯田的冷涼氣息，潮溼泥炭的
咯吱聲和劈啪聲，鐵鍬邊緣的銳利切痕
穿越生命根源在我頭腦覺醒。

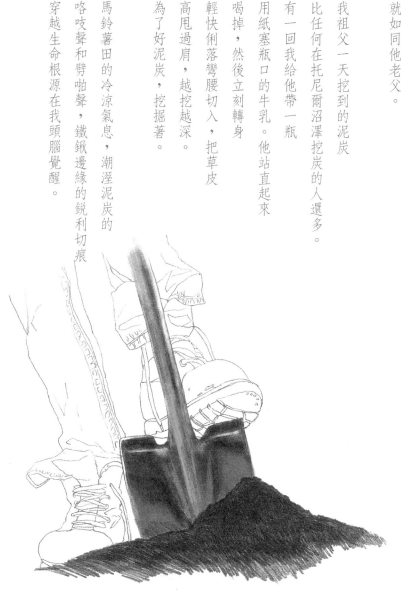

但我沒有鐵鍬去跟隨他們這樣的人。

我的食指與拇指之間
夾著一支矮咚咚的筆，
我會用它挖掘。

黑倪（Seamus Heaney, 1939-2013）是一九九五年諾貝爾文學獎得主。〈挖掘〉是他第一首廣爲人所知的詩，出自他的第一本詩集《一個自然主義者的死亡》。

這首詩以祖父挖泥炭，父親掘馬鈴薯以至自己書寫，從鐵鍬到筆的耕耘，既揭示了一位詩人的志業，也揭示了愛爾蘭生活的歷史與現實。在敘事情境中，作爲一個詩人的黑倪挖掘了自然的土地與心靈的土地。

挖掘，既是一種技藝，也是一種心力。深深挖掘，面對土地耕耘，面對紙頁耕耘。挖掘藏在裡面的東西，黑倪把自己的工作跟祖父、父親的工作相比較。他創作時是在挖掘，他用筆挖掘，這種挖掘意識流露他對自己在北愛鄉村生活的愛。他不只記憶了在北愛的家鄉與泥土、沼澤，其中的自然隱喻，也經歷了更早時愛爾蘭獨立運動遭受殖民政治的壓迫。北愛是愛爾蘭或獨立後，被分割的一個英聯合王國區域，被迫與母國分裂。信奉天主教的愛爾蘭人與信奉英國國教的英格蘭人，曾經衝突不斷，血腥暴力的陰影讓黑倪離開。

《北方》是他一本詩集的書名，也是他童年和成長的地方；一九七〇年代，他選擇了愛爾蘭這個眞正的母國，移居到都柏林——成爲愛爾蘭共和國公民——一位北愛出身的詩人，一位英語詩人。一生的挖掘，榮光顯示在一九九五年他獲頒諾貝爾文學獎的受獎演說〈歸功於詩〉。

詩的二十堂課
第六堂課

也許一首詩的重量

讓死去之人，
因它重生。

詩的重量是語言的重量，也是意義的重量。

一個對詩之爲詩有深刻體認的詩人，對自己的作品會有期許。不管教養性也好、教訓性也好，詩人會期望自己的詩眞正感動人心，啓示人心。所謂詩之志，所謂詩人的志業，就是在詩人與詩形構的意義形式裡。

看看陳秀喜（Chen Hsiu-hsi, 1921-1991）的〈也許一首詩的重量〉。這位跨越日治時代和戰後國民黨中國時代的女性臺灣詩人，從日本語而通行中文，在困厄的時代留下許多詩篇。她的一首詩〈臺灣〉，由梁景峰改寫歌詞，李雙澤譜曲，成爲膾炙人口的〈美麗島〉，常出現在社會運動的場合，鼓舞人心。

也許一首詩的重量　陳秀喜 作

高傲的大樹有雷劈的憂慮
常被踐踏的小草不羨慕大樹
小草重整根和葉期望屹立的歡呼

梅花不嘆形小滿足自己的芬芳
不妒玫瑰多彩多刺的豔麗
古人自大自然得到和平的啓示
黑暗之後晨光出現既不稀奇
煩惱之後邁進智慧的時代來臨
詩擁有強烈的能源，真摯的愛心
也許一首詩能傾倒地球
也許一首詩能挽救全世界的人
也許一首詩的放射能
讓我們聽到自由、和平、共存共榮
天使歌聲般的回響

陳秀喜以小草、梅花與大樹、玫瑰相比較，體認各自的特色；以黑暗之後的晨光，煩惱之後智慧的轉換鼓勵自己。詩，在她心目中有重要的力量。這是詩人對詩之價值的自我肯定。也因爲這樣，陳秀喜在她的人生留下許多有重量

的詩。

詩人會對自己的作品有各自的期待，美學與倫理的，個人與社會的，純粹與參與的。這會反映不同的時代氛圍，也會反映不同的詩人性格。一個有良心、有社會責任的詩人，在困厄的時代會以語言的武器護守意義與美。詩人的良心和社會責任衡量器會考驗、要求詩人眞實以對，有所回應。

題一隻中國茶樹根做成的獅子

（德國）布萊希特 作　李敏勇 譯

壞人懼怕你的利爪。
好人喜歡你的優美。
我喜歡聽別人
這麼
談我的詩。

布萊希特（Bertolt Brecht, 1898-1956）是二戰時期，對納粹德國政權充滿抵抗精神的德國詩人，也是以「史詩劇場」著名的劇作家。他在希特勒大肆侵略、殘害猶太人時，流亡海外，戰後在民主德國（東德）經營劇場。

對於是非善惡有所堅持，不會鄉愿地期望獲得好人和壞人的一致叫好。是爲是，非爲非。不像一些附庸於惡質統治權力的詩人，後來在《納粹德國文學史》現形，留下惡名聲，而有所警覺。寧可選擇「外在流亡」，出走外國；或「內在逃亡」，雖未出走外國，但不爲附庸惡質統治而發表。二戰時，有許多有良心的德國詩人流亡；有些留在德國，「爲抽屜而寫」不能發表，顯示文化的眞誠。

戒嚴統治常常是專制獨裁國家的政治狀況。二戰後的臺灣和韓國是兩個從日本殖民統治解放出來的國家。南韓與北朝鮮是民族分裂的兩國；臺灣則由國民黨中國據占，而國民黨中國在原生地被共產黨中國取代，形成中華民國與中華人民共和國在臺灣海峽兩岸對峙的狀況。

韓國在朴正熙政權時，採取高壓軍事統治，全斗煥政權以軍事政變取代後也一樣。走過軍事戒嚴統治的時代，詩人們也面對附庸或抵抗的選擇。

雪　（韓國）金洙暎 作　李敏勇 譯

雪活生生的，
落著的雪活生生的。
落在土地上的雪活生生的。
咳嗽吧！
年輕的詩人啊，我們咳嗽吧，
讓我們一起用咳嗽抵禦雪！
就這樣，不要猶疑，
雪也許就會感受到。
雪活生生的。
為了讓精神和肉體忘掉死，

咳嗽吧！
破曉前的雪活生生的。
咳嗽吧！
年輕的詩人啊，我們咳嗽吧！
注視著雪，
我們合力把整晚打擊我們心的
視線裡的痰吐掉。

金洙暎（Kim Soo-young, 1921-1968）是極具代表性的韓國參與派詩人，對軍事高壓統治具有抵抗姿勢。這首詩，透過向年輕的詩人喊話，以雪來比喻高壓統治。想像一下北方國家下雪的景況，用來比喻壓迫，以吐痰這種動作表達抗議，強而有力。如果不抵抗，只接受，無異承認專制獨裁的正當性，因而要有所反應。詩人生動、有力地以詩留下抵抗的證言。

在臺灣，也有相應戒嚴統治體制的詩。

儘管統治權力壓迫著一切，但詩人以語言作爲武器，會留下見證。

詩，藏有祕密，會在檢查制度下尋覓到呼吸的空間。

樹　白萩作

我們站著站著站著如一支入土的
椿釘，固執而不動搖
噢，老天，這是我們的土地，我們的墓穴
即使把我們踢成一個旋錘
無止境的壓迫
這是我們的土地，我們的墓穴
把我處刑為一支火把

燦爛每一個呼喊的毛細孔
仍以頑抗的爪，緊緊的攫住
這立身之點
這是我們的土地，我們的墓穴

白萩（Bai Qiu, 1937-）的這首詩，收錄在一九六五年的詩集《風的薔薇》。以樹為喻，表達身為臺灣人在自己土地的處境。樹盤根土地，是巨大的穩固存在。要像樹一樣，在立足點傲然地活下去。重複著「這是我們的土地，我們的墓穴」，不只說生，也說死亡。這也是一種存在論。

樹是巨大的存在，以樹自喻，顯現力量。但草呢？常常被踐踏的草，相對是柔弱的存在。但草有草的特性，草的堅韌，無與倫比。野草是除不盡的，因為它們堅韌無比。相對白萩的〈樹〉，德國詩人貝希爾（Johannes R. Becher, 1891-1958）的〈草〉，則引喻了另一種情境。

草 （德國）貝希爾作　陳千武譯

草呀　我向你低頭
草呀　向你禱告吧
原諒我　常踐踏你
草呀　曾經遺忘了你
草呀　我向你低頭
不論我們攀上多麼高
我們都要來你身邊橫臥
沒有比這更確實的
草生長　草生長
草呀　我向你低頭

貝希爾是戰後民主德國的首任文化部長，他的這首詩，表達了向無產階級致意的心思。在共產主義國家，原先以無產階級對抗資產階級作爲政治信念。

這首詩寫出無產階級的身分、地位。草也有庶民性象徵。中國作家魯迅的《野草》，就是以廣大人民作爲觀視對象的思考。相對於〈樹〉，〈草〉有草的另一種不可輕忽的力量。要向草低頭，貝希爾說「不論我們攀上多高／我們都要來你身邊橫臥」不是嗎？看墓園的青草冬天枯乾，看風吹又生，應能體會。

波羅的海三小國都曾經歷蘇聯的殖民統治，一九八〇年代末，蘇聯解體之際，東歐諸共產國家民主化，拉脫維亞、立陶宛、愛沙尼亞三小國也趁勢獨立。他們手牽手橫越各個國家的手鏈行動，感動人心。

要做根　（拉脫維亞）貝爾謝維卡 作　李敏勇 譯

要做根，在土地最深處沒有光
會伸入下來。那兒光無法窺視。
一棵樹的頂端沒有鳥群。一根沒有葉的樹枝。
但最深的春天觸鬚伸出它毛細管髮絲

而且一定不會破裂。根的卑微工作
無須停止。（即使冬眠也只是看起來像是）
貯存著。養育著。給予滋潤。成為寂靜的聯結
嘗試著活出嚴冬的腐敗。給予陽光的歡樂。
宣告美的力量穿經你的
死滅在看不見中成為一朵白花。

要做根。而不要羨慕燦爛的花。

動人的〈要做根，而不要羨慕燦爛的花〉這首詩與臺灣詩人白萩的〈樹〉，德國詩人貝希爾的〈草〉，有共同的視野，堅信某種力量，在困厄的時代、艱難的處境，一定要有這樣的思考。不能只羨慕表面的華麗，喜歡花的燦爛。這樣的詩，存在著信念，傳遞著信念，會形成力量。

種子　李敏勇作

不要讓意志腐爛

潛藏在泥土裡
我們頑強的心
已經快要免於一季冬長長的欺壓
是春天為我們開門的時候了

雪的酷冷曾經成為水的滋潤
泥土的暗黑是養分
沒有什麼能剝奪我們希望的

一定會遇見陽光

當門開啓的時候
記得相互傳達會見天日的喜悅
以及溫暖

〈種子〉似乎相應了〈樹〉〈草〉〈要做根〉的根源意識，在不同時代不同國家，傳遞了相同的信念。這說明了人類雖然在不同國度、不同時代，但常常面對相同的處境。困厄是有共同性的，困厄也有原型。

〈種子〉是一種信念，處於暗澹的情境中，仍能遇見陽光，長出芽苞、長成花草樹木。不要失去信念，意味著不要絕望、不要失去信心，臺灣有一句俗諺：「戲棚下站久的人贏。」就是這意思。

被掩埋在泥土裡的種子，即使在黑暗中，但水濕的泥土有養分，因而能發芽，遇見陽光，長出花草樹木。這樣的信念也可能隱喻成另一種信念，成爲詩人的咒語。波蘭詩人米洛舒有〈咒語〉，愛沙尼亞的詩人K・列皮克（Kalju Lepik, 1920-1999）也有一首〈咒語〉，與前引拉脫維亞詩人貝爾謝維卡（Vizma Belševica, 1931-2005）的〈要做根〉有異曲同工之妙。

咒語 (愛沙尼亞) K‧列皮克作 李敏勇譯

假使你破壞我們的語言,
假使你殘害我們的人民。

也許雨會變成石頭漫布在你們的田野,
也許石頭會射出箭矢。

也許石頭會成為你餐桌的麵包。
也許石頭會堆擠在你的腳,

也許石頭會成為天空覆蓋你。
也許海會乾涸成石頭,
變成石頭像你石頭的心,
壓迫我們的土地和人民。

共同屬於波羅的海三小國的愛沙尼亞，詩人列皮克以詩作爲武器抵抗壓迫。你——是殖民者；我們——是愛沙尼亞人民。殖民者的心是石頭的心，沒有憐憫沒有愛。殖民者破壞被殖民者的語言，殘害被殖民者。詩人起誓的〈咒語〉，石頭會取代雨，會射出箭矢，石頭漫天蓋地，會反擊。這樣的咒語喻示抵抗的力量。詩人想起一位跨越語言一代的臺灣詩人巫永福（Wu Yong-fu, 1913-2008），他在日治時期的詩〈愛〉對殖民者說「你想征服我把愛說成『一視同仁』／我知你的花言巧語會有虛僞／你想擁有我的心／但我的心常受騙已成了石頭」。雖不像K．列皮克〈咒語〉裡石頭的武器性格，都是一種態度，一種不願馴服的態度。

詩人希望自己的詩有意義的重量。但，以「也許」這樣的字眼，其實是謙虛的期望。臺灣詩人陳秀喜希望詩能挽救全世界的人；德國詩人布萊希特希望他的詩在好人心目中是優美的，而壞人懼怕；韓國詩人金洙暎召喚年輕的詩人一起抵禦雪，抵抗政治壓迫；臺灣詩人白萩，以樹爲自己的族群定位，生於斯也要長於斯、死於斯，固執而不動搖；德國詩人貝希爾向草低頭、向普羅大眾低頭；拉脫維亞詩人貝爾謝維卡強調要做根，不要羨慕花；愛沙尼亞詩人K・列皮克以石頭的意象起誓；臺灣的詩人李敏勇以種子自喻，表達心志。詩人對詩會有詩的希望。

波蘭詩人依娃・麗普絲卡（Ewa Lipska, 1945-）有一首詩，把自己當做使者。作爲一個詩人，一個書寫的作者，她多麼簡潔有力地爲自己和同僚下了這樣的註解：

使者　（波蘭）依娃・麗普絲卡 作　李敏勇 譯

書寫以便一個行乞者
用它獲得金錢

並且讓死去的人
因它重生

詩的意義，文字的力量在這位波蘭女性詩人心裡，有使者的形影——她是一九六八年代活躍的參與者，有十多本詩集；她也是著名的小說家，有好幾本小說。在二戰後的共產體制，依娃．麗普絲卡就在地下文學形式中有詩集流傳。她說書寫，一方面行乞，掙得微薄報酬，以便生活。但另一方面，她對自己的書寫，以「讓死去的人／因它重生」賦予重量以及意義、價值。也有人說，這就是詩或廣泛的寫作之所以形成意義重量之所在。因爲，詩比歷史眞實，能見證困厄時代的人生。陳秀喜說也許一首詩的重量能傾倒地球，在意義的重量能成爲支點時，是成立的。

詩的二十堂課
第七堂課

聽聽詩的聲音

你可能會聽到，
眼淚滴落的聲音。

詩以語言形成。語言的符號有聽覺性，也有視覺性。前者有情緒的功能，後者有理智的功能，也就是分別有感性和知性的作用。從古老的時代，詩與歌同在，到後來，詩與歌分離。但詩的語言元素畢竟有聽覺性，不管用什麼文字表述，都有聲音的存在；而且聲音的情緒功能會有渲染、強化的作用，和語言的另一種元素：視覺性，形成兩翼，對詩的意義發揮加乘作用。只是近現代的詩，不再固守於整齊的韻腳，而採取自然的音韻律則，自由度較高。

淚珠的　詹冰作

感情　的　露點
球形　的　晶體就凝結。淚珠有
意志　的　表面張力。
真情　的　全反射。球體中
回憶　的　風景在旋轉。
悔恨　的　酸味在對流。我醉於

用我的　公式計算——
淚珠的　愛格數*。啊，透過
淚珠的　凸透鏡，
看到的　是——
正立的　實像。
神明的　實像。
微笑的　實像。

*註：愛格數是光學的物理現象，與凸透鏡的透光有關聯。

詹冰（Chan Ping, 1921-2004）是跨越語言一代的臺灣詩人，青年時期前往日本明治藥專留學。一九四〇年代，二十左右之齡的詩是以日語寫作的，受到當時著名的日本詩人崛口大學（Horiguchi Daigaku, 1892-1981）的讚賞。二戰後，他在家鄉卓蘭的中學教理化，也開設西藥房。

早期他的詩以「綠血球」和「紅血球」兩類，前者有自然的配慮，後者有人生的況味，經過詩人具科學性的計算，而不是任由自然流露，巧妙地呈顯他的抒情。

這首詩，每一行句都以「的」分開。既有眼淚滴落的聲音，也將每一行句喻示成淚珠掉落的形象。他使用了很多化學概念——這與他所學有關，但都是淚珠相關的形狀和內容的元素。讀來，意味深長。「的」的巧妙運用，更讓這首詩的聽覺性淋漓盡致。

再看看喬林（Qiao Lin, 1943-）的〈狩獵〉，這是一首描繪泰雅原住民青年（他用泰耶魯這樣的稱呼。因爲在作品發表的一九六四年，臺灣原住民各族的稱呼仍未標準化）的詩，表述了一種動態的過程。

狩獵　喬林 作

花鹿矢跑過去。泰耶魯的青年矢跑過去。黑
瘦的高山狗矢跑過去。泰耶魯的青年矢跑過去。

我是一靜觀的杉樹。

花鹿慌奔過來。泰耶魯的青年慌奔過來。黑瘦的高山狗慌奔過來。泰耶魯青年慌奔過來。

杉樹凝視著我。

在第一節，花鹿、泰耶魯青年、高山狗，重複著「矢」跑過去，「矢」是箭矢的意思，以名詞做了動詞，形容詞的快速意思，彷彿捕捉到一種聲音，又讓重複語字形成聽覺效果。而在第三節，用「慌奔過來」的重複，也同樣有聲音的作用。三個移動主體：花鹿、泰耶魯青年和高山狗，形成狩獵關係。而敘述者的詩人：我，既是一棵靜觀的杉樹，又是被杉樹凝視的人。敘述者像杉樹一樣屏息靜氣，既像杉樹但又不是杉樹。重複語句會形成聲音的效果，渲染感情的作用。

遺物　李敏勇 作

從戰地寄來的君的手絹
休戰旗一般的君的手絹
使我的淚痕不斷擴大的君的手絹
以彈片的銳利穿戳我心的版圖

從戰地寄來的君的手絹
判決書一般的君的手絹
將我的青春開始腐蝕的君的手絹
以山崩的姿勢埋葬我

慘白的
君的遺物
我陷落的乳房的封條

〈遺物〉是以一位陣亡者遺孀的身分訴說的一首悼亡傷逝之詩，是我一九六九年一系列反戰詩作品中的一首。這首詩，「君的手絹」的重複，既加強視覺性的遺物形象，也運用了聲音的感染效果。其實，在意義上，這首詩前兩節的行句是：

從戰地寄來的君的手絹
休戰旗一般
使我的淚痕不斷擴大
以彈片的銳利穿戳我心的版圖

從戰地寄來的君的手絹
判決書一般
將我的青春開始腐蝕
以山崩的姿勢埋葬我

但第一節和第二節，重複了君的手絹，加強了聲音的效果，加重了情緒的感染作用。

星期日　拾虹作

星期一駛來的是什麼樣的一條船呢
星期二駛來的是什麼樣的一條船呢
星期三駛來的是什麼樣的一條船呢
星期四駛來的是什麼樣的一條船呢
星期五駛來的是什麼樣的一條船呢
星期六駛來的是什麼樣的一條船呢

啊　遠遠而來的是什麼樣的一條船呢

拾虹（Shi Hong, 1945-2008）是在造船廠服務的塗料工程師，這首詩是一首鮮明的工廠詩。從前，在造船廠每週工作六天，工作的日子都可以看到進船塢維修的輪船。詩人不用一般的表達，而重複了六行「駛來的是什麼樣的一條船呢」再加上還未到達的預測等待景象。讀讀看，聽聽看，既有風景，也有聲音。這首詩，以靜制動，詩題「星期日」是行句中獨缺的一日，與行句顯示的工作週期成爲對照。

林亨泰（Lin Heng-tai, 1924-）有兩首著名的〈風景〉，是視覺性的，但行句的表述卻充滿聽覺的效果。

風景NO.1

農作物　的
旁邊　還有
農作物　的
旁邊　還有

農作物　的
旁邊　還有
陽光陽光晒長了耳朵
陽光陽光晒長了脖子

風景NO.2

防風林　的
外邊　還有
防風林　的
外邊　還有
防風林　的
外邊　還有
然而海　以及波的羅列
然而海　以及波的羅列

這兩首〈風景〉原都是視覺性的。但因爲層遞漸進的行句效果，而有聽覺性。第一首以農作物一片，加上日晒的陽光形成影子，而且是人的身體器官的影子，巧妙描繪了農村風景；第二首，則是海岸風景。閱讀者可以想像臺灣鐵路西部幹線的海線列車，行經通霄一帶的情景，看到一片防風林，看到海浪從遠方陣陣襲來，形成羅列的波浪。

著名的德語詩人保羅．策蘭（Paul Celan, 1920-1970）是羅馬尼亞出生的猶太人，說德語用德語寫詩，但父母都死於納粹德國的集中營，被視爲二戰後歐洲最重要的詩人。以難懂出名，作品被視爲大屠殺的重要見證的這位詩人，詩作極富音樂性，他的一首最重要的作品〈死亡賦格〉（Death Fugue），賦格即爲音樂形式，即使譯介爲通行中文，詩的聲音仍然能夠重擊人們的心靈。

死亡賦格　（羅馬尼亞）保羅・策蘭作　李敏勇譯

破曉的黑牛乳我們黃昏喝
我們中午早晨喝我們夜晚喝
我們喝了我們還喝
在微風中我們掘一個墓穴躺著無拘無束
住在屋子裡的男人玩蛇並書寫
當暮色籠罩德國他書寫你金髮瑪格麗特
他書寫然後走出屋外而星星閃耀他唆使狼犬出來
他呼嘯他的猶太人出來要他們在地上掘墓穴
他命令我們奏樂起舞

破曉的黑牛乳我們夜晚喝你
我們早上中午喝我們黃昏喝你
我們喝我們喝你

住在屋子裡的男人玩蛇並書寫
當暮色籠罩德國他書寫你的金髮瑪格麗特
你的灰髮蘇拉蜜絲我們在微風中掘一個墓穴那兒人躺著無拘無束
他呼喊深鏟到土壤裡你們其他的現在唱歌並跳舞
他抓起腰部的鐵器揮動它而他的眼睛湛藍
你們全部用鐵鍬深鏟其他人繼續奏樂起舞

破曉的黑牛乳我們夜晚喝你
我們早上中午喝我們黃昏喝你
我們喝我們喝你
住在屋裡的男人你的金髮瑪格麗特
你的灰髮蘇拉蜜絲他玩蛇
他呼喊更甜蜜地玩弄死亡死亡是來自德國的主人
他呼喊更陰沉現在彈弄你的琴弦你就會如煙飄升空中
然後你們在雲彩裡會有個墓穴人躺著無拘無束

破曉的黑牛乳我們夜晚喝你
我們中午喝你死亡是來自德國的主人
我們黃昏和早晨喝你我們喝我們喝你
死亡是來自德國的主人他的眼睛湛藍
他用鉛彈射擊你他瞄得很準
住在屋子裡的男人你的金髮瑪格麗特
他唆使狼犬追逐我們他送給我們一個空中的墓穴
他玩蛇做白日夢死亡是來自德國的主人

你的金髮瑪格麗特
你的灰髮蘇拉蜜絲

註：詩中的瑪格麗特出自歌德《浮士德》的愛戀對象，象徵德國文學裡歌德的浪漫之愛。而蘇拉蜜絲是聖經〈雅歌〉裡美與欲望的象徵，提示著猶太女性戀人形象，互相對比，呈顯納粹德國的種族歧視。

〈死亡賦格〉既爲賦格，本身就以富有音樂性的行句表現詩人的感情與思想，以重複的語句，不斷加深加重加強集中營的苦難經驗，音樂效用扮演了極大力量。似乎讓詩情與詩想滲透閱讀者心靈的土地，穿越時空的阻隔，而成爲印記在歷史上不可磨滅的聲音。

保羅．策蘭喜歡用聖經的意象，用詩歌的形成。他的德語詩，譯介成英文，譯介成通行中文，保留了音樂效果。

讚美詩　（羅馬尼亞）保羅．策蘭 作　李敏勇 譯

沒有人，用土和泥形塑我們，
沒有人，召喚我們的塵埃，

沒有人。

沒有人，奉祢之名讚美。
為了祢
我們將綻放花。
向著
祢。

我們曾是，現在是，將會是
空無
依然，綻放著花
空無——
無人的薔薇。
以
我們雌蕊的明亮心靈

以我們廢棄在天上的雄蕊，
我們的花蕊紅豔
以深紅色語彙我們歌詠
遍布，喔遍布
在荊棘之上。

像這首〈讚美詩〉，就仿在教室會吟詠的詩歌，但聽管風琴低沉的聲音，大屠殺的受難者吟詠著他們的哀傷痛苦。即使我們用通行中文閱讀或朗讀，也探觸到聲音的力量。這是藉讚美詩的音樂性而表現的詩。藉用歌謠性也可以達到聲音在詩裡的作用。

塞維爾小歌謠　（西班牙）羅卡 作　李敏勇 譯

太陽已升起
照在橘園裡

小小金蜜蜂
正在尋花蜜

花蜜花蜜……
在哪裡？

伊莎貝爾
花蜜在藍色花叢裡
花蜜在迷迭香的
花朵裡。

（小小黃金椅
是給摩爾人。
華麗裝飾椅
是給他的妻。）

太陽已升起
照在橘園裡。

先想想，塞維爾是西班牙第四大城，在南方的一個內陸城市，是塞維爾省省會，位於安達魯西亞的地區。摩爾人是中世紀曾入侵西班牙，統治過一段時期，並留下文化影響的非洲北部阿拉伯人。這首詩交織著西班牙文化和摩爾人文化，呈現西班牙南方風景。

以歌謠體表現，有童謠詩性格的這首詩，並穿插了與小女孩伊莎貝爾對話的場景。太陽、橘園、蜜蜂、花蜜的自然風景，摩爾人、黃金椅這些回教宮殿教堂的景致，穿插在一起。有一種特殊的意味。一首歌謠體的詩，以音樂一樣的語句與小小的孩童對話。

歌　（日本）新川和江作　李敏勇譯

一個婦人第一個孩子出生後
從她嘴唇流露出來的歌
是世界最甜美的歌。
它安撫了遠方狂暴之海的野生動物鬃鬚
它使星星熄滅
它讓流浪者回望他們的旅程
它點亮甚至風也遺忘的
荒谷裡蘋果樹幹上的紅燈籠。
喔，假使不只這樣，
為何一個孩子要出生呢？
這脆弱的，沒有護衛的存在
假使不這樣！

這是一首表達母愛的詩，是一首廣泛意涵的搖籃曲。新川和江（Shinkawa Kazue, 1929-）以孩子作爲歌詠意象，以生命作爲歌詠主題。唱給小孩子聽，輕撫小孩入睡。像搖籃曲的詩當然是有音樂性的，可以吟唱的。新川和江在二戰後的日本，意有所指地以生之歡愉取代死之憂傷，歌詠戰後日本應該珍惜生命的詩情。她的詩一向流露著一種女性特有的優雅風格，充滿愛與關懷，以溫柔的聲音撫慰二戰後日本的破滅感，並照亮新的人生。

詩，可以讀、可以看、可以聽。讀其意義，看其形象，聽其聲音。即使近現代詩已不再講求押韻，不再與歌重疊，但語言有其聲音，可以感染情緒，對意義發生深化、強化作用。聽聽那聲音，聽聽那詩的聲音，讓詩人的感情與思想進入你的腦海，滲透到你心靈的土壤。

詩的二十堂課
第八堂課

看看詩的圖像

一種構圖，
一道地景，
具有圖像，
卻又不止於圖像。

讀詩，聽聲音，因爲語言有聲音。印記，呈現在文學裡的沉默，其實藏著聲音。在聲音的背後，可以看意義之象，可以看到聽覺性背後的視生性情景，彷彿圖畫。特別是意象主義作品，或圖像詩。從格律、押韻的時代，依賴吟唱，印刷術發達以後，更爲自由地表現傾向於視覺性意象，更具知性效果。近現代意義的詩，與歌分離，依賴意義之象，冷靜而內斂，甚至圖像趨近乾燥。

先來看看龐德（Ezra Pound, 1885-1972）的一首意象主義代表作品：

在一個地下鐵車站　（美國）龐德 作　李敏勇 譯

在人群中這些臉幽靈般顯現
潮溼暗黑枝椏上朵朵花瓣

一九一六年，龐德在他的回憶錄提及這首詩的背景。說是在巴黎的一個地下鐵車站，走出電車，看到一個美麗女人的面孔，一個又一個，然後見到一個兒童面孔，又一個美麗女人，他努力尋求要表達那份感受的文字，幾番轉折，他把一首三十行的詩濃縮成像日本的短歌、俳句般的兩行詩，以一種意象呈現。

龐德是在文學史有特殊地位，政治經歷又特殊的詩人。提拔過許多現代主義詩人、作家。這首詩是意象主義經典之作。沒有音樂的條件，只有繪畫的條件，不是流動，而是凍結的風景。

意象作為詩的要素，並非始於意象主義運動，也非意象派獨有。從詩歌的起源、意義之象就和聲音的韻律、節奏同時在表現形式之中。各種語言文字的詩都一樣有這樣的元素。但意象主義運動發源於美國，也在英國發生影響，在英美現代詩較具重要性。因為從情緒性趨向思想性，現代詩對於既往抒情詩的吟唱美學觀有明顯的逆反和抵抗。視覺的要素轉化為感知、感動，從音樂的造形轉化為美術的造形，進而強調意象的造形，因此發展出以視覺而非聽覺條件支撐的詩的意義風景。

美國詩有許多意象主義經典作品，甚至，在意象派或意象主義之外，意象的條件成了許多詩人的表現方法。說是對聲音的否定也好，是對聲音的不完全依賴也罷，這樣的詩比起用聽的，更重視看的條件。

霧　（美國）桑德堡 作　李敏勇 譯

霧來了
以小貓的腳步
它坐著俯視
港口和城市
拱起無聲的腰
然後走了

桑德堡（Carl Sandburg, 1878-1967）這首〈霧〉，幾乎成了芝加哥的地誌詩。想想看，密西根湖畔的芝加哥，這個美國中西部湖港城市的晨霧風景。每天早晨，霧瀰漫在港口上方，在太陽出來後，逐漸會散去的景象。桑德堡以一隻貓形容霧，常躡著腳無聲無息的貓用來比喻霧，太貼切不過了。這首詩，呈現一種景象，成爲芝加哥的文學風景。

再來看看另一首美國詩人威廉·卡洛斯·威廉斯（William Carlos Williams, 1883-1963）的詩〈紅色手推車〉，一樣是意象主義的經典。

紅色手推車　（美國）威廉·卡洛斯·威廉斯作　李敏勇譯

這麼多的
依靠

一臺紅色

手推車
車身被雨水
擦亮
旁邊一些
白色小雞

威廉．卡洛斯．威廉斯的〈紅色手推車〉，呈現的是未述明的一些承載物和一臺被雨水擦得發亮的紅色手推車，襯托著旁邊的白色小雞。紅與白對比，也許是在廣場上，一個婦人購物的手推車。只說「這麼多」（So much），沒有說什麼這麼多。但手推車因而是有重量的。紅白對比的色澤，卻又輕盈、明亮。有視覺的風景，但難以明確捕捉表達的意涵，就像一幅畫。

威廉．卡洛斯．威廉斯被視爲是美國詩脫離英國影響走出自己風格的重要詩人。他是一位醫生，有著堅持保有美國特性的強烈自我意識，直追惠特曼

（Walt Whitman, 1819-1892）的精神傳統。全詩只是一個平常句子重新安排、配慮、布置，形成精簡的詩行。視覺的形象取代聽覺性韻律的典型。

秋　（英國）休謨作　李敏勇譯

秋夜　一絲寒意
我走在外面，
看見紅潤之月依靠樹籬
像個臉紅農夫。
我沒說話，只點了點頭；
而四周是靜默的星
白色的臉像鎮上的孩子。

休謨（T. E. Hulme, 1883-1917）是一位英國詩人，也被列入意象派詩人的行列。這首〈秋〉，表現了秋天的景象：月和星，農夫和孩子。我——是個觀照者，捕捉到視覺性景致，襯托著寒意，格外冷靜的風景。休謨有一首詩直指意象，詩題就是〈意象〉（Image）。

意象　（英國）休謨作　李敏勇譯

老房屋群又被鷹架支撐著
　　而工人們吹著口哨。

這首詩的意義之象很簡單。描述工人們以鷹架支撐老舊房屋群，並說工人們一面工作一面吹口哨。相對於需要被以鷹架支撐的老舊房屋群，工人們在工作時似乎生氣勃勃。動與靜的簡單對比，物與人的相互對照，形成一幅意象主義風景。

意象是詩法的元素，立足於意義的條件而呈顯於視象。而意象主義則執著於象，有時意義會薄弱化。但在現代主義運動影響的時代，許多實驗性作品不僅僅把握形式之美，以及視覺性的審美感覺，試圖創作新詩的作品性，留下一些見證。

ALBUM　（日本）春山行夫作　陳千武譯

老實的狗是不吠的
薔薇的花叢裡的
　　　村
　人經過時
門乍啓乍闔

※

是白的遊步場
是白的椅子
是白的香水
是白的貓

是白的襪子
是白的頸
是白的天
是白的雲
而倒立著的
是白的姑娘
是我的

※

白的少女　白的少女　白的少女　白的少女　白的少女
白的少女　白的少女　白的少女　白的少女　白的少女
白的少女　白的少女　白的少女　白的少女　白的少女
白的少女　白的少女　白的少女　白的少女　白的少女
白的少女　白的少女　白的少女　白的少女　白的少女
白的少女　白的少女　白的少女　白的少女　白的少女
白的少女　白的少女　白的少女　白的少女　白的少女

白的少女　白的少女　白的少女　白的少女　白的少女
白的少女　白的少女　白的少女　白的少女　白的少女
白的少女　白的少女　白的少女　白的少女　白的少女
白的少女　白的少女　白的少女　白的少女　白的少女
白的少女　白的少女　白的少女　白的少女　白的少女
白的少女　白的少女　白的少女　白的少女　白的少女
白的少女　白的少女　白的少女　白的少女　白的少女

※

在所有的天空不覺得愉快
在所有的窗邊計數著悲哀
紫陽花在書本上印著影子
陽光照著鋼琴的一部分
正午載馬車到樹蔭下
啄著麵包的鵪鶉
護衛葡萄葉的黃蜂

吃梨葉的山羊
在紅酒的玻璃瓶
載運少女的少女的白衣
壁消逝於池，池消逝於水蓮
水蓮消逝於水，水消逝於靄霧

春山行夫（Haruyama Yukio, 1902-1994）是詩人，也是日本《詩與詩論》的創辦人和編輯，以現代主義運動的主導理論家活躍於一九二〇年代末到一九三〇年代的日本詩壇。名古屋出身的他在創作和理論都相當投入。

這首〈ALBUM〉以英文爲題表現，是「相片簿」的意思。他在前面、後面有一些敘述。但主要部分，以七十組「白的少女」呈現，一如相片簿中的相片。因爲過度依賴美術圖繪的造形，有實驗性效果，卻又成爲某種流行風尚，沒有對詩的發展形成多大影響力。可以視爲形式主義的侷限。

插秧　詹冰作

水田是鏡子
照映著藍天
照映著白雲
照映著青山
照映著綠樹

農夫在插秧
插在綠樹上
插在青山上
插在白雲上
插在藍天上

詹冰這首〈插秧〉相當有趣。簡單又生動。他巧妙地觀照到農村風景，以水田如鏡的景象捕捉大地風情。留學日本、攻讀藥學院的他，詩作富有感性、重視形式又相當知性。造形條件相當優異，不會流於氾濫的宣洩，作品總是剪裁合宜。看他的另一首詩〈三角形〉又是另一種風情。他不只捕捉三角形的形態元素，也賦予三角形的精神力量，而且整首詩的造形就是一個等腰三角形，類似金字塔。說到臺灣的圖像詩，詹冰也許是留下最多遺產的詩人。更重要的是，他的圖像詩不僅是爲圖像而圖像，而是具有意涵。

三角形　詹冰作

角
你邊具
你看角有富
數看色邊彈於充
哲學埃散角韌積滿角
宇學美及七邊性極朝角但
神宙的學的彩循變性氣相邊三
哦聖精完的金的環化發和呼邊邊那
三妳象神美精字稜不無展活相相三只角
形角的徵的像準塔鏡息窮性力應關角是形三

這首詩從數學、力學、物理學、光學、建築，到哲學，結尾時讓人會心一笑的幽默，更有人體工學的意味，且隱約觸及了性。不愧是精於知性計算又重於感性深度的詩人。雖是圖像，但又有音樂調性。

從意象主義到圖像詩，都顯示視覺性風景。拜印刷術發達之賜，圖像詩成爲可能，這種傾向約制了過度情緒性的自然流露或吟唱，使一首詩內斂化。但過度的圖像化，也會流於形式主義、意義空洞化的危險。

心（法國）阿保里奈爾作　李敏勇譯

我的這顆心像一朵倒置的火苗

阿保里奈爾（G. Apollinaire, 1880-1918）是法國超現實主義運動的要角，也是立體派詩人。出生義大利羅馬的這位詩人，一九一六年才成爲法國公民，在巴黎的新藝術運動中極爲活躍，引領二十世紀初期的詩歌運動，創作了許多超現實主義詩歌，也爲立體派留下許多資產。這首〈心〉也是他的墓誌銘。

蔗田　方旗作

糖廠的煙囪拖拉小火車
沿土地的刀疤馳去
空氣裡充滿糖分
沉澱在蔗農身上，卻都是鹽漬

方旗（Fang Chyi, 1937-）是短暫出現在臺灣詩壇的一位詩人，本名黃哲彥的他，畢業於臺大物理系，在美國馬里蘭大學取得物理系博士。

這首〈蔗田〉是讓人眼睛一亮的詩。整首詩就像甘蔗田，高度不一的齊底形式呈現的就是甘蔗田的景象。日治時代的臺灣，有許多契作甘蔗田，供應糖廠生產蔗糖，成爲日本學者矢內原忠雄《帝國主義下的臺灣》批評的殖民經濟掠奪。戰後，承襲日本殖民帝國資產的統治者接收了這些產業，也複製了這樣的糖業生產模式。蔗農必須將種植的甘蔗售予國營糖廠，但價格是公訂的，農民是被剝削的。

〈蔗田〉短短四行，但意義深刻，具有批評精神。小火車載著甘蔗送往糖廠，鐵軌被形容成土地的刀疤。糖分和鹽漬交織在空氣和蔗農身上，強烈的對比形成的批評和憐憫，不言而喻。具有圖像，但不止於圖像。

也讓人想到古巴詩人紀廉（Nicolás Guillén, 1902-1989）的詩〈甘蔗〉，同樣描寫帝國資本主義掠奪的一首詩，場景既在古巴，也在拉丁美洲。曾長期爲美國聯合水果公司等大企業墾植甘蔗，以供製糖需要的拉丁美洲各個國度，也都有相同的情境。單純的行句，鮮明的圖像，強烈的控訴。

甘蔗（古巴）紀廉作　李魁賢譯

黑人

在甘蔗園裡
白人
在甘蔗園上
血液
從我們身上流出

白人殖民者掠奪者剝削黑人——工奴或農奴，這樣的景象以簡單的視覺景象呈現。黑色、白色、紅色交織，成爲構圖。紀廉不只是詩人，也是記者、作家，在古巴革命後成爲代表性的古巴詩人，也是文學界領導者。

有一首我喜愛的詩，是學者也是詩人古添洪（Gu Tian-hong, 1948-）的作品，我曾以〈讓人眼睛一亮的風景〉推薦過。意象晶瑩剔透。

自然風景卡——Eugene詩草　古添洪作

自然遞給我一張風景卡。
雪地，條條筆直的樅木。
垂直與水平。
線條簡練。
我把眾樹上的雪綿
輕輕一一掀去。
我家兩個孩童
雪板上滑過風景卡像船。
我像雨晴後出去散步
牽著兩條小狗在後。

Eugene（尤金）是美國奧勒岡州立大學所在地的小城，森木、河流形成美麗景色。這首詩以文字形塑自然風景，有情有景。一個父親和兩個孩童，在有雪的垂直與水平的樅樹風景中，形成一幅畫，甚至是一幕動畫。以尤金爲背景，但並不限於該地風景記事，耐人尋味。

風箏　李敏勇作

風箏在飛越天空
風箏不能飛越天空
風箏在飛越死了的天空
風箏不能飛越死了的天空
天空在飛越風箏
天空不能飛越風箏
死了的天空在飛越風箏

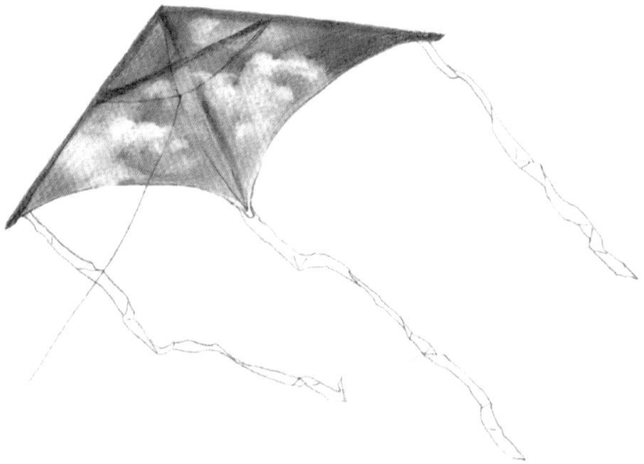

死了的天空不能飛越風箏

這首詩以天空、風箏相互交織，呈現的是放風箏的景象。看似風箏在飛越天空，但風箏被人手執在線的另一端，即便飛上高處，也有限度。看似在飛越，又不能飛越。天空是大氣現象，飛翔著鳥禽時，像活生生的世界，但天空並不是生命現象，而是限制。交織著風箏和反差描繪呈現一種意義的風景。整首詩是一種構圖，一種風景。

看這些行句的構圖或風景，可以感知到圖像的元素強於聲音的元素。若以美術和音樂的屬性而言，較傾向於美術而非音樂。較依賴知性的配慮而非感性的流露。但詩終究要衡量意義的質量。聲音與圖像之兩翼都是爲了意義而存在。聲音和圖像不能超越、取代對於意義：詩情與詩想的要求，否則會流於形式。面對一首詩，先聽聲音，再看圖像，然後尋索其意義。圖像的條件或強或弱，有每一個詩人的詩法差異，但偏向依賴圖像的詩，只是特定時代的詩風格。儘管有些詩，意象主義的或圖像詩顯現了視覺性的偏重，留下實驗性座標。但如果缺乏意義的質量，仍然不會是完美作品。

詩的二十堂課
第九堂課

想想詩的意義

讀詩，
先聽聽，
再看看，
然後在夜晚，
尋找樹頂上星星的信息。

有些詩以吟唱的條件形成，有些詩以描繪的條件形成。這是因爲語言有音樂性，也有繪畫性，對詩的構成有決定的因素。從吟唱到描繪，也就是從音樂性到繪畫性，在某種程度是因爲印刷術發達的緣故。在演變中，這種條件都仍然存在。但是，思考性會越來越重要。從吟唱的詩、描繪的詩，進而思考的詩，脈絡的演變成爲近代詩到現代詩的形跡。但也因爲每一個詩人的不同風格，或輕重選擇，而並行存在。讀詩，先聽聽；再看看；然後，想想。

先來看看一首韓國詩：

岩石　（韓國）柳致環 作　李敏勇 譯

我死時讓我成為一塊岩石，
不要被任何同情的色彩沾染了；
不要被哀愁或歡樂動心；
任由風和雨衝擊；
鞭笞到內裡，甚至深入

到殘酷無情的百萬年的寂靜
一直到生命本身消失湮滅；
一道滾滾烏雲，
遠距離的雷電，
即使我有夢，
我不會歌唱，
即使我裂開兩半，
我的嘴唇不會發出哭喊，
我希望成為這樣的岩石。

柳致環（Ryū Chi-kan, 1908-1967）是經歷日本殖民以及二戰後朝鮮內戰、韓民族分裂、韓國軍事統治體制的詩人。他有一首詩〈旗〉，結尾「究竟是誰？是誰首先想到／把悲哀的心掛在那麼高的天空？」質疑一切旗幟，特別是南韓、北朝鮮的旗幟，有一種沉痛的悲哀。我甚至在自己的一首詩〈從有鐵柵的窗〉，引用了這段行句。

他從想做不動心、不悲哀、不歌唱、不哭喊的岩石，去呈顯他處於被殖民、民族分裂、政治彈壓的歷史情境。整首詩以一種思考的邏輯，一層又一層的意義演示，而非依賴音樂或繪畫的形式條件，支持了作品的存在。

說到岩石，臺灣詩人巫永福（Wu Yong-fu, 1913-2008）也有一首拒絕二戰前日本殖民統治臺灣、施行皇民化運動的異曲同工表現。他用石頭來表示不動之心，拒絕認同之心。巧妙地透過引述父母之愛的不述而明，去抵抗一種口號之愛的欺罔、迷惑性。

愛　巫永福 作

父母未曾說過愛我
但我領悟父母的愛
你每次都說愛我
你的愛卻無法領受

你想征服我把愛說成一視同仁
我知你的花言巧語含有虛偽
你想擁有我的心
但我的心常受騙已成了石頭

這種思考性的形成，是由於一種新的關係，一種意義的形成。整首詩並沒有音韻的唸唱性，也沒有描繪的視覺性，而是一種思考，具有新鮮性。

思考性在於意義的不可預測，而有新鮮性。有一種說法：可以預測的不是詩，不可預測的才是詩。可以預測，例如許多成語的造句，像「光陰似箭」「日月如梭」一再被引用，成為文章的寫法。但都不能在詩裡被強調、模擬。

一位奧地利詩人，二戰時期逃避納粹德國殘害猶太人而流亡於英國的艾力克·弗里德（Erich Fried, 1921-1988），曾出版過《一百首沒有國家的詩》的這位德語詩人，詩作充滿思考性。

害怕和懷疑　（奧地利）艾力克・弗里德作　李敏勇譯

假使有人
告訴你
他害怕
不要懷疑

但要害怕
假使他告訴你
他不
懷疑

極權統治、專制化，被統治者害怕和懷疑是正常、自然的反應。這位猶太裔奧地利詩人以逆反的說法表達感受，指陳了統治之惡。在那樣的時代，這種指陳揭示的正是令人害怕和令人懷疑的時代氛圍。不正常的逆反現象也出現在經歷過二戰的日本詩人川崎洋（Kawasaki Hiroshi, 1930-2004）的詩裡。

在動物可怕的夢裡　（日本）川崎洋 作　李敏勇 譯

狗
甚至馬
也會做夢　我猜想
在動物
可怕的夢裡　我祈求
不要有人類出現

二次大戰結束時，川崎洋只有十五歲。童年及青少年時代的戰爭經驗：在日本，那是空襲；家族中有人爲侵略戰爭受罪；目睹社會的災難……這些印記成爲可怕的夢。在日本導演黑澤明電影《夢》中的短片集錦中，也表現得淋漓盡致，反映了日本文化人對戰爭的思考。

不是以自己的夢，而以動物的夢，動物可怕的夢，逆反人之恐怖。以人爲主的思考，轉而以動物爲主體。動物會做夢嗎？詩人揣測動物也會做夢。人會是動物的可怕的夢裡最可怕的事物。這種逆反思考，反映人的良心，反映詩人的良心。短短的幾行詩，呈顯一種內在的戲劇性。

政治壓迫、軍事獨裁，這種困厄之境會讓詩人在隱喩中思考。二戰時期，納粹德國不只侵略歐陸許多國家，也殺害猶太人。以色列詩人帕吉斯（Dan Pagis, 1930-1986）以載運到集中營的火車中猶太人寫下的字句，描述同屬歐洲、同屬上帝之子的傾軋情境。

寫在密閉貨車裡的鉛筆字　（以色列）帕吉斯 作　李敏勇 譯

就在車裡的一堆貨物中
我——夏娃
和我兒子亞伯

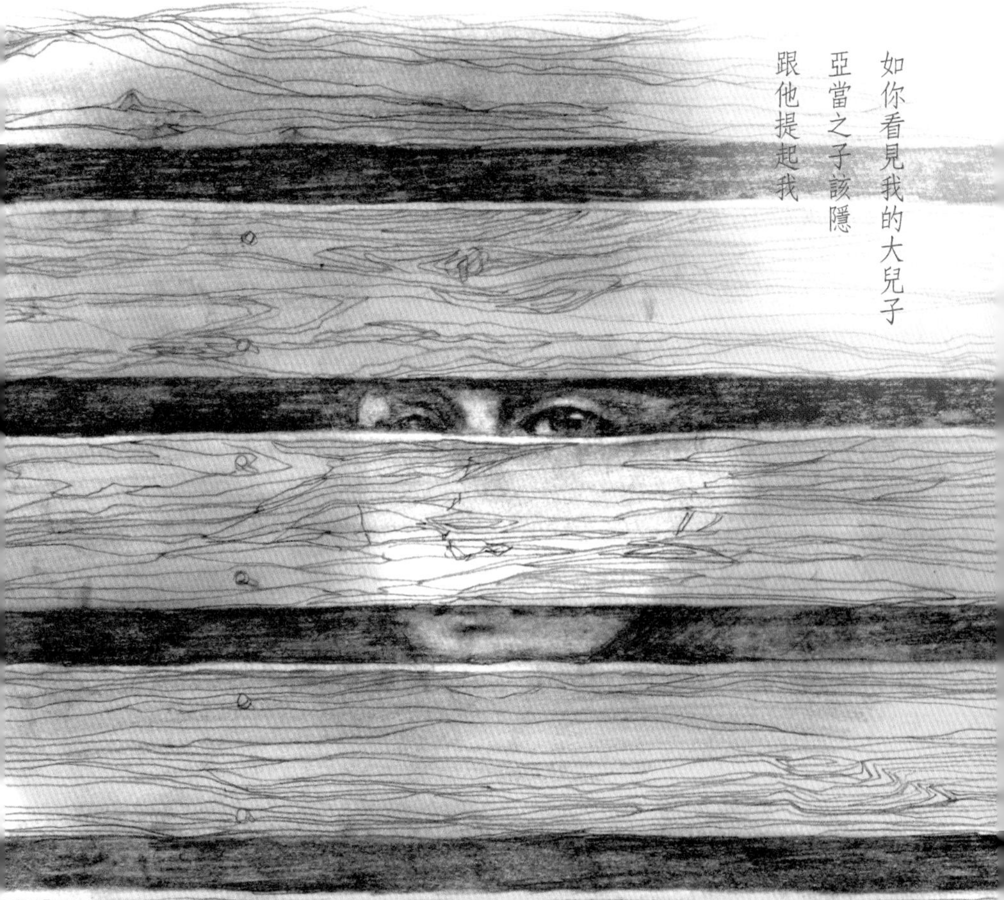

如你看見我的大兒子
亞當之子該隱
跟他提起我

載運猶太人到集中營的火車，其實是貨車，車窗被釘死，車門被鎖住，從歐洲各地運往德國、奧地利、波蘭、捷克、匈牙利、羅馬尼亞等納粹入侵控制諸國的集中營。有關二戰時代猶太人浩劫的電影，常看到被載運的猶太人從被封閉的貨車隙縫，向外探看。災難的記憶在二戰後不斷被以各種藝術形式顯現，反映了猶太人的文化力。

帕吉斯的這首詩，用了《聖經》的典故，以亞當、夏娃以及兩位兒子該隱、亞伯，隱喻災難的歷史。在詩中，該隱是納粹德國，亞伯喻猶太人。本是同根生，相煎何太急。沒有任何意見表達或判斷陳述，只以夏娃的口氣，跟不知名的人說：如你看見我的大兒子，亞當之子該隱，跟他提起我。這樣的思考，扼要有力，引發閱讀者深思默想。夏娃和小兒子亞伯在敘述裡是在貨車中，亞當是否在場並不明確。亞當可以喻示理性，夏娃可以喻示感性。而大兒子該隱是那個指使這一切迫害之事的人。你是任何一個人，若你看見該隱，跟他提起我——夏娃，他的母親和弟弟正被載往集中營。這是帕吉斯以抄錄被書寫在貨車上的鉛筆字爲轉錄敘事，描述猶太人浩劫的一首詩。

相對於帕吉斯的轉錄敘事，海地詩人蘇茲．巴蓉（Suze Baron, 1955-）以他者的說法，對她原來所屬國家的政治，甚至演變成生活災難的事況，提出質問式的批評。這移居美國的女詩人，無法接受革命，特別是流血革命未能使生活條件充裕的價值命題，提出她的控訴。

他們說　（海地）蘇茲．巴蓉作　李敏勇譯

他們說
人的血
豐富了心靈

假使真是這樣
假使真是這樣
我的朋友們

稻米小米雜糧
在海地
應該是
充裕的

海地——這個中美洲、原法國殖民地獨立後的法語國家，經常在政變中動亂，而且地震的災難不斷。人民生活困苦，甚至鬧饑荒，常需外援救濟。這個國家在法國殖民文化薰陶之下，有法國文學藝術影響的文化氛圍。但獨立後，文人政府和軍事政權交替，在政變和民主化糾纏的形勢中發展。他們說，是引喻觀察者、歷史學者或政府學者的論說；我的朋友們，是詩人言說的對象，關心海地的人們；以沒有在詩中出現的匿名者。這位女詩人的話語裡關懷自己的國度——其實，她移居在外，有一種自由、豐富的體驗，因而不平而鳴。

在困厄的時代，詩人留下詩。二戰後，納粹德國結束，許多東歐國家重新獨立。但原先抵抗右翼法西斯的左翼共產黨力量形成另一種專制、獨裁。許多原先對共產主義懷有希望的藝術家、文化人面臨其他的壓迫，流亡到外國，或選擇在自己的國家沉默以對，一直到一九八〇年代末期才又自由化。捷克的「布拉格之春」，是一九六八年發生的自由化受挫事件。華沙公約組織的坦克車，開入布拉格，學生與市民反抗、死難無數。巴茲謝克是一位在布拉格歷史博物館服務的詩人。我曾翻譯他的一些詩，編成《沉默抵抗》一書，詩中流露著一種絕望感。

那些年代　（捷克）巴茲謝克作　李敏勇譯

你拒絕放棄。
你繼續指望。
你收集每一場大災難的
指紋。
想抓攫他們血淋淋的手。
雪更加凌厲地落著。

突然我們滿臉白髮，
我們都是。

那些年代指的就是二戰後共產專制統治的年代。

二戰後，共產體制在東歐諸國大約從一九四五到一九八八年，四十多年。經歷長時期專制統治，未能目睹自己的國家自由化的詩人，應該對二戰後冷戰時期共產體制國家顛覆資本主義國家，鮮少被推翻的形勢感到絕望，才有這樣的詩。

災難一場又一場，詩人的你，或對自由有期望的人們，收集大災難的證據——這是作爲見證的詩承擔的責任。政治的罪魁禍首的血淋淋的手，抓也抓不到，但是雪更淩厲地落著——這有雙重涵義：氣候的冷以及對專制統治的形容。雪對照白髮，詩人的感慨，令人同情，也令人動容。

在困厄的時代，詩人以詩留下見證，以詩抗詩，以詩反思，甚至以詩嘲諷自己。德國詩人布萊希特，以史詩劇場在戰後的民主德國，亦即一般所稱的東德的東柏林建立劇院。戰爭中曾流亡美國的經歷，讓他感慨良多。他有一首，告白自己作爲倖存者的苦惱。

我，倖存者　（德國）布萊希特作　李敏勇譯

我當然知道：我救了許多朋友
只是因為幸運。但昨晚在夢中
我聽那些朋友說我：「適者生存」
我因而恨自己。

倖存者，而非幸存者，有僥倖存活的意味。在基督教義中的罪惡感，常常是經歷困厄時代而活下來的深刻感受。布萊希特也以作爲倖存者，而且拯救了許多朋友的倖存者，對自己有所悔恨、歉疚。這四行詩，以夢帶出反思意識。對照一位波蘭詩人羅塞維茲的〈死後的聲音〉，直指：「所有活著的人是有罪的／小孩／獻花／是有罪的／……有罪的是詩人們／有罪的是那跑走的人／

那些停留的人／那些說不的人……死者清算著生者／死者不會恢復我們的聲音」，充滿反省、懺悔的罪惡感。

另一位女波蘭詩人辛波絲卡也曾出現「只要你活著／就不能說你是正當的」這樣的話語。這位一九九六年諾貝爾文學獎得主，繼米洛舒一九八〇年得諾貝爾文學獎之後，再爲波蘭得到文學榮光。這幾位詩人在困厄的時代都有深刻的反思。

這些詩人都在困厄的時代，反思自己。詩的行句裡流露著政治批評、介入觀點，而不是逃避詩人的責任。俄羅斯猶太裔詩人布洛斯基（Joseph Brodsky, 1940-1996）在共產時代流亡美國，一九八七年獲諾貝爾文學獎，他就曾說：「詩應該干涉政治，直到政治停止干涉詩爲止。」反映了詩人不能忽視政治責任的觀點。

也許　李敏勇作

也許
一棵樹可以說
它是非政治的

但羅勃・布萊的
意思是
那只比人說的可信些
也不盡然

一個尼加拉瓜詩人說
美國伐木公司砍伐他們的橡樹
一個波蘭詩人
曾為樹頂沒有星星的夜晚嘆息

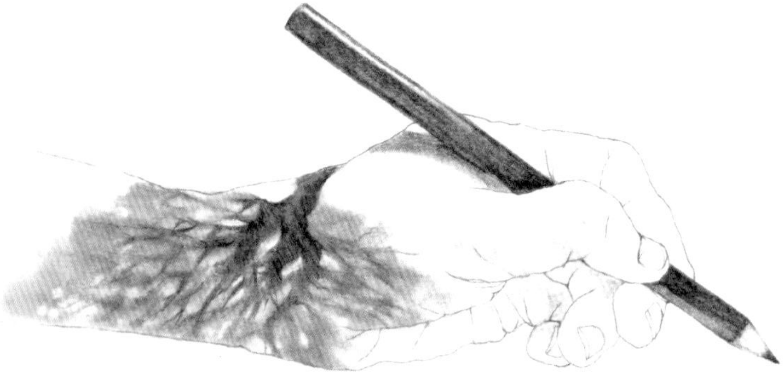

一個羅馬尼亞德語詩人
從白楊木想到人類
後來他在巴黎塞納河投水

而我
一個臺灣詩人
夜晚尋找樹頂上星星的信息

記錄在紙頁
傳遞給下一代

在這首詩裡，我引用美國詩人羅勃・布萊（Robert Bly, 1926-）的話，也引用尼加拉瓜詩人卡得尼爾（Ernesto Cardenal, 1925-）的話，引用了波蘭詩人辛波絲卡的話，也引用羅馬尼亞詩人保羅・策蘭的事歷，來警惕、勉勵自己。作爲一個臺灣詩人，夜晚尋找樹頂上星星的信息，意味著在困厄中尋找希望。我要求自己的詩，不只是在形式上有吟唱的音樂，有描繪的圖畫，而是具有思考性的意義的質量。

詩可以聽，詩可以看。在音樂條件和繪畫條件的形式的支撐，詩可以成立。這是從詩的發生學來檢視，可以察知的演變，但思考的意義質量更關聯到一首詩在美學之外的倫理意義。而且思考性也是形式條件，不依賴音樂，把音樂還給音樂；不依賴繪畫，把繪畫還給繪畫。而是依賴思考性，依賴新的意義捕捉。面對不斷演變的時代，詩人思考意義、人的意義、人與人形成的社會，甚至國家的意義。詩人承擔的責任不只在於美。

詩的二十堂課
第十堂課

詩是一個國家的靈魂

比歷史更眞實，
藏在心靈深處的東西。

「詩是一個國家的靈魂，是一個民族心靈深處的東西，是心的聲音。」這是一位法國詩人兼編輯人、出版家的說法。相對於「小說、戲劇是一個國家、一個社會眞實面貌的反映」，顯示了文類的差異特質。

一九九七年，我出版了《綻放語言的玫瑰》——二十位臺灣詩人政治情境的詩與解說；《亮在紙頁的光》——三十九位世界詩人的心境與風景，試著以詩探觸我們自己的國度以及世界一些國家，更深一層地說，就是想探觸臺灣和世界許多民族心靈深處的東西，探觸心的聲音。

詩，作爲一種文類，相對於小說、戲劇，隨筆……作爲一種文體則相異於散文（這原是對於韻文而說的）。雖然在文體上，詩的行句也有散文化的傾向，甚至有散文詩的形態，但詩的行距仍講究斷與連的技藝，追求語言的張力，甚至意義構造的緊張性（有些狀況是增減一個語字就面臨崩潰的危險邊緣性，或說嚴密）。比起散文的文體，詩較講究形式，但更重要的還是內容，是意義的密度，是一種意在言外，藉比喻（特別是隱喩）以及象徵而達致的意涵。

語言，有時候被認爲是「言靈」。就因爲這種特質。德國哲學家海德格的「語言是存在的住所」論，希臘哲學家亞里斯多德的「詩比歷史眞實」觀，都爲詩之爲詩，下了特殊的註腳。

從「藝術」的視角來看，詩是使思想像薔薇一樣芬芳的事物，若從相對於「政治」「經濟」的社會構造的另一個層面「文化」來看，詩歌是一個國家的靈魂，是一個民族靈魂深處的東西，是心的聲音。這種想法，使詩從藝術的高度提高到哲學的高度和深處。是相應於藝術的形式而探觸到靈魂深處的脈動，直指像薔薇一樣芳香的形式裡所蘊藏的思想。

來看看波蘭詩人米洛舒的詩：

獻詞　（波蘭）米洛舒作　杜國清譯

我無法拯救的你們，
請聽我說。

盡量了解這個簡單的講詞，因我會對另一個感到羞恥。
我發誓，我身上毫無言語的魔術。
我對你們說話，以沉默如雲或樹。

使我堅強的對你們卻是致命的。
你們將一個時代的告別與一個新時代的開始混在一起，
將憎恨的靈感與抒情的美，
將盲目的武力與完成的形象。

這兒是波蘭淺河匯流的河谷。而一座巨橋
伸入白霧。這兒是一個破城，
而風將海鷗的尖叫投在你們的墳上。
當我在跟你們說話時。

不能拯救世界或人民的

詩是什麼？
官方謊言的共謀，
喉頭即將被割的酒鬼之歌，
大二女生的讀物
我要好詩而對它並不了解，
最近我發現它那有益的目的，
在這點，只在這點，我找到了救贖。
他們從前將玉米或罌粟的種子撒在墳上，
去餵化成鳥兒回到人間的亡魂。
我將此書呈獻給在此曾經活過的你們，
因此你們永遠不致再來騷擾我們。

華沙，一九四五年

米洛舒的這首獻詞，詩末特別註明波蘭首都「華沙」和「一九四五年」的時點，使這首詩特別具有歷史意味和時代性格。這是二次大戰結束之年，對於波蘭和東歐許多國家，意味著從被納粹德國占領轉而爲共產國家。這種政治變遷雖然意味著「解放」「自由化」，但都是一種弔詭的變局。納粹德國占領波蘭時期，像其他東歐國家一樣，波蘭的共產黨人以地下軍進行反抗運動，認爲共產主義可以拯救淪陷於納粹德國的波蘭。但政局的變動在米洛舒的心中並不一定是祝福。

波蘭是一個平原國家，歷史上的災難很多，常是強權入侵的對象。二戰前，不只納粹德國，蘇聯也想染指。有一部波蘭史詩電影《Katyn》（臺灣譯爲《愛在波蘭戰火時》），導演安德烈·華依達以「解決政治及社會問題的最佳治療方法，就是將歷史事實展現並誠實地陳述出來」的信念，描述了一九四〇年春天，史達林在蘇聯與波蘭邊境的卡廷森林（Katyn）屠殺兩萬多名波蘭俘虜（包括知識分子、軍官、牧師、作家、教授、記者、工程師、律師）的一段被隱藏、或被蘇聯嫁禍於納粹德國的歷史。

波蘭共產黨人引進蘇聯的力量，以反右、反極權抵抗納粹德國，在二戰後轉而加入華沙公約組織，成爲蘇聯共產國際的一環。

米洛舒的這首詩並沒有二戰後波蘭從納粹德國解放、自由化的欣喜，而是隱憂，顯示了他詩之志業的文明批評視野。他對「一個時代的告別與一個新時代的開始」之混雜化，有其憂慮。面對著許多歷史上的受難者，米洛舒說「風將海鷗的尖叫投在你的墳上」「他們從前將玉米或罌粟的種子撒在墳上／去餵化成鳥兒回到人間的亡魂。」而他以詩呈現給那些亡靈，他們是波蘭死滅的靈魂，也是隱藏的精神。

米洛舒認爲詩應該拯救世界或人民，他批評三種不好的詩歌：「官方謊言的共謀」「喉頭即將被割的酒鬼之歌」「大二女生的讀物」，這出於他信守的詩人使命與詩之志。嚮往自由的他，並不認爲共產化的波蘭得到解放與自由化，因而，在一九五一年投奔西方陣營。卸下波蘭駐法國大使館文化參事的職務後先在巴黎居住；一九六〇年，流亡美國，在加州大學柏克萊校區教授斯拉夫文學。不只寫了許多詩與隨筆、評論，並在美國詩與波蘭詩的互相譯介，貢獻了許多力量，於一九八〇年獲頒諾貝爾文學獎。

米洛舒的詩是波蘭的歷史際遇與時代情境，更是歐洲文明，甚至世界文明的投影。認爲眞理終將戰勝邪惡的米洛舒，終於一九八〇年代末，東歐共產體制解體自由化後，回到他離開將近四十年的祖國，並於母土終老。

另一位也於一九八四年獲頒諾貝爾獎的捷克詩人塞佛特（J. Seifert, 1901-1986），也經歷與米洛舒一樣的歷史際遇、時代情境。這是東歐詩人的共同命運：從納粹德國的占領統治解放，又經歷共產統治體制，從右翼極權到左翼極權的雙重政治困厄。

捷克首都布拉格是一個具有文化深度的美麗城市，孕育過詩人里爾克（R. M. Rilke, 1875-1926）、小說家卡夫卡（F. Kafka, 1883-1924），是被從波蘭流亡的小說家米蘭．昆德拉（Milan Kundera, 1929-）在共產制度統治下以「一首即將消失的詩」形容過的城市。在塞佛特的詩中，流露著令人動容的詩情。

布拉格　（捷克）塞佛特 作　梁景峰 譯

美麗的都城，當你的披風
被吹開，展現你的紫色風華，
我是這般愛你，雖只能用言語，

遠不及那些手持武器的人說得多。

是的，因此我們眼淚很多，
落下時弄鹹了我們的麵包。
亡者的聲音在我們淚中回響，
亡者呼喊的聲音。

他們躺在我們的街道上，
我羞愧那天沒和他們在一起。
英勇的美麗都城，
那天，你的美麗更為榮光。

「布拉格之春」是說一九六八年八月二十日及其後的事件。春天不是指自然的季節，而是政治和文化的意義。二戰後，從納粹德國的占領統治解放，成爲共產統治體制國家並加入華沙公約組織。受蘇聯控制的捷克，因爲追求自由

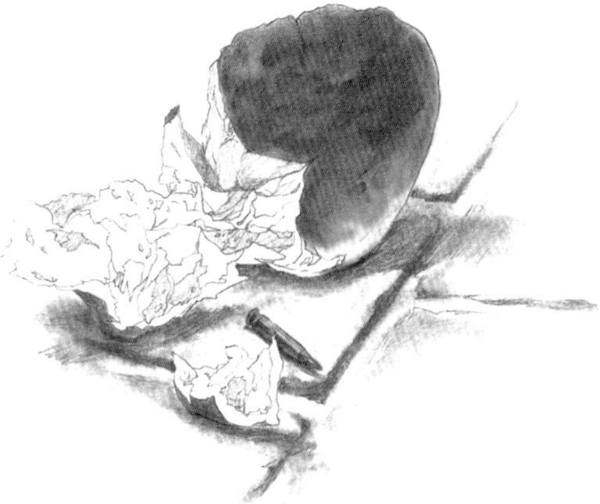

化，在這一天被華沙公約組織五個東歐國家的坦克車入侵。布拉格市民挺身抵抗，發生傷亡，並有大學生自焚抗議。塞佛特這首詩是「布拉格之春」的寫照及詠懷。詩人以詩、以言語；但走上街頭挺身抵抗的市民以行動、以身體，以武器。因此詩人的眼淚克制不住滴落在麵包上面。市民的血、詩人的淚，交織輝映布拉格這個美麗都城。

東歐在一九八〇年代末自由化，塞佛特離開人世，但他的詩被歌詠。〈布拉格〉這首詩被印在咖啡館的餐紙，啜飲咖啡、用餐的市民和觀光客閱讀得到，聽得見捷克這個國家靈魂跳動的聲音。

一九六八年的「布拉格之春」，在某種意義上，也屬於六八全球學生運動的一環，是捷克的傷痕，卻也孕育捷克的自由化希望。一九八〇年代末，詩人、劇作家哈維爾帶領的「絲絨革命」，改變了共產體制，是整個東歐共產體制解構運動的一環。哈維爾成為捷克總統，並促成了捷克斯洛伐克分離，斯洛伐克另成立新的共和國。街頭的榮光和用言語對捷克之愛一樣動人，顯示捷克的文化厚度，布拉格從一首消失的詩再成為一首重新出現的詩。

視野轉向東亞的韓國。這個常自喻爲詩的國家，也常自喻太陽初映之地的國度，詩的心境與風景在詩人作品呈顯，也在人民心中迴盪。金素月（Kim So-wŏl, 1902-1934）的〈杜鵑花〉幾乎每個韓國人都知道、也喜愛的一首詩。這位早逝的詩人，在他三十一歲的人生寫下許多詩，撫慰了韓國人民的心。

杜鵑花　（韓國）金素月 作　李敏勇 譯

當你厭倦了我
而要離去時，
我會欣然地讓你離開而毫無怨嗟。

我會到寧邊藥山
採擷盈抱的杜鵑花，
撒布在你要行經的小路。

你請走過這些花兒，
一步一步地，
但要輕柔地踐踏。

當你厭倦了我
而要離去時，
我會忍著不讓一滴眼淚掉下來。

金素月，本名金延湜。詩中提到的寧邊藥山在北朝鮮。杜鵑花在韓國稱爲滿山紅，別有一番風景。他是韓國人喜愛的一位詩人，他的詩是韓國人喜歡的詩，地位就像大唐帝國時代的白居易。脆弱的身世、艱困的環境，對照多愁善感的金素月短暫、脆弱的人生。韓國人從他的詩情想像民族的命運，並在各地設置他的詩碑。

〈杜鵑花〉常被引喻爲韓國人對入據進占強行殖民統治的日本帝國進行的對話。雖然金素月並非抵抗型人物，但他以詩坦露心聲，爲美殉身。曾赴日本就讀大學的金素月，因關東大地震以及日本人的排韓，中輟回到自己被殖民的國度，與童年時期奉家族之命成婚的妻子一起生活，勤奮寫作。但創辦的報紙經營失敗，鬱鬱以終。詩成了他抒發心情的出口，也是他留給韓國的重要文化資產。他的〈杜鵑花〉流露出一種無怨無尤的抒情性告白，像是女性對分手男性伴侶的訴說，被轉化爲受到殖民的韓國人對殖民者日本的委婉對話。撒布在路上被踐踏的杜鵑花，因而是血，是寧願留下一些血讓殖民者踏過而離開的犧牲。

再看柳致環的〈旗〉。他是比金素月略晚出生，在戰後南北韓分裂，韓國在軍事統治體制的時代辭世的詩人。〈旗〉顯現了政治紛爭，特別是對南北分裂的韓國民族的際遇，有沉痛批評意識。被視爲受到象徵主義影響的這位詩人，〈旗〉也是具有高度的象徵性。

旗　（韓國）柳致環作　李敏勇譯

令人注目的向著海的無言吶喊！
向著紫色這海揮舞著的，
永在盼望的心一樣的手帕！

注定哀婉的，像海浪一樣的，旗在風中，
在單調的，被指定的思想的旗桿上，
哀愁延伸著，像白鷺的翅膀。

唉！沒人能告訴我嗎？
究竟是誰？是誰首先想到
把悲哀的心掛在那麼高的天空的？

把國旗描述成掛在那麼高的悲哀的心，並質問那是誰的作爲，很明顯的這是對韓國民族的一種詩情的質問，一種詩想的指謫，或說是一種悲哀的感懷。讀這首詩，韓國人應該會懷想從古以來的朝鮮歷史，併合的歷史，分裂的歷史。意識形態形塑的旗幟成爲國家的象徵，但那又是多少血與淚堆砌而成的？讀這首詩，可以想像韓國的歷史際遇和文化情境。詩比歷史眞實，更能觀照一個國家。

看看韓國，再看看臺灣。一九七〇年代末期，以「母音」爲名的詩輯的一首詩〈島國〉。這首詩，初收錄於詩集《野生思考》，後收錄於詩合集《青春腐蝕畫》。

島國　李敏勇作

遠離家鄉
我們祖先渡海來到美麗島
經歷過千辛萬苦

海峽剪斷臍帶
我們在浪濤的飄搖裡
學習用汗水耕耘
用愛種植希望

在星星的照引下
夢曾經偷偷走過架在海峽兩邊的彩虹
但那是祖國仍為我們母親的時候

被異族割據的時代
我們就著手建立自己的祖國
美麗島就是我們的家鄉
永遠的慈暉是藍天
撫慰我們的心

臺灣——我們尚未眞正形成的國家，是充滿歷史悲情的島嶼。從前，原住民在這個島嶼自由自在地奔跑，而福臺語、客臺語的祖先從唐山冒險穿越黑水溝來到臺灣墾拓，在地生根。有唐山公無唐山嬤的臺灣人在這個島嶼定居，經歷過多重的被殖民的經驗，產生了在地共同體國家意識，一個海島國家的輪廓和夢在心的土壤孕育、成長。

〈島國〉這首詩，就是臺灣人心靈深處的東西，就是臺灣心的聲音。臺灣的許多心的聲音，許多國家的靈魂藏在臺灣的詩歌裡。

索引 index A~Z

Eurasian Publishing Group
圓神出版事業機構
用心與你對話・網野無限寬廣
圓神出版社
Eurasian Press

http://www.booklife.com.tw reader@mail.eurasian.com.tw

圓神文叢 193

詩的世界

作　　者／李敏勇
發 行 人／簡志忠
出 版 者／圓神出版社有限公司
地　　址／台北市南京東路四段50號6樓之1
電　　話／（02）2579-6600・2579-8800・2570-3939
傳　　真／（02）2579-0338・2577-3220・2570-3636
總 編 輯／陳秋月
主　　編／吳靜怡
責任編輯／周奕君
校　　對／周奕君・韓宛庭
美術編輯／金益健
行銷企畫／吳幸芳・凃姿宇
印務統籌／劉鳳剛・高榮祥
監　　印／高榮祥
排　　版／杜易蓉
經 銷 商／叩應股份有限公司
劃撥帳號／18707239
法律顧問／圓神出版事業機構法律顧問　蕭雄淋律師
印　　刷／國碩印前科技股份有限公司
2016年3月　初版

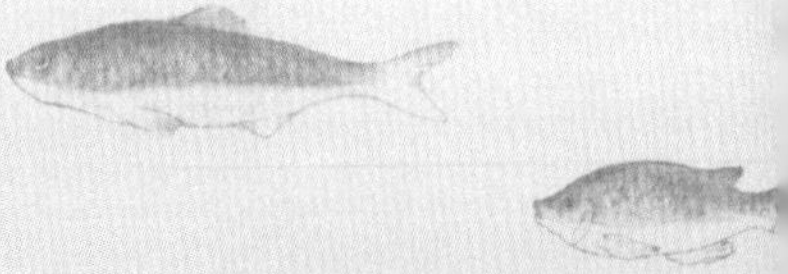

定價 300 元　ISBN 978-986-133-568-1

也許一首詩的重量能傾倒地球，

在意義的重量能成爲支點時，是成立的。

——《詩的世界》

國家圖書館出版品預行編目資料

詩的世界／李敏勇 作.
-- 初版. -- 臺北市：圓神，2016.3
208面；14.8×20.8公分 --（圓神文叢；193）
ISBN 978-986-133-568-1（平裝）

1. 詩評

812.18　　104028499